兄嫁

第一章　美しき兄嫁を犯す

1

うつむいた女の頬は透けるように白い。涙に濡れた長い睫毛《まつげ》がはらはらと揺れ、冷たいほどに美しかった。

掌《てのひら》に納まる小さな髪の束は低い位置にひっそりとまとめられ、衿元から匂うようなうなじがのぞいていた。そのエロティックな欲情を誘う肌を、棺《ひつぎ》の中に横たわっている青柳修一の弟修次が、憑《つ》かれたように見つめていた。

修次は三十八歳という若さで逝った八つちがいの兄への哀《かな》しみより、喪服の似合いすぎる美しい兄の妻、未亡人となったばかりの霧子への激しい思いを抑えることができずにいた。

「義姉《ねえ》さん……」

喪服の細い肩に、うしろからそっと手を置いた。

振り向いた霧子は、哀しみに打ちひしがれた目をしていた。きれいな一重の瞼《まぶた》が、わずかに腫《は》れぼったくなっている。ほんのり赤く染まった鼻も、霧子の哀しみの深さを語っていた。

ぷっくりした小さめの唇、つきたての餅のようにやわらかそうな耳たぶ……。

目に入ったひとつひとつが修次を刺激した。今にも崩れそうな華奢《きゃしゃ》な軀《からだ》を、痛いほど抱きしめたい衝動に駆られた。

もともと小柄な霧子は、一夜でやつれたとはいえ、三十二歳という年より数歳若く見える。小さな顔のなかで唇がかすかに震えた。

修一と霧子が結婚してからというもの、修次はほとんどこの家に立ち寄っていない。それだけに、霧子を見ると眩《まぶ》しかった。兄嫁である限り、決して愛してはならない女だった。

「わたしのせい……」

ようやくそれだけ言うと霧子は嗚咽《おえつ》した。

「何を言うんだ、義姉さん……」

哀しみが深すぎて、霧子は自分で何を言っているのかわからないのだと修次は思った。

大企業の戦士として、修一は精力的に動きまわっていた。その働きぶりを知っている誰もが、彼の死は、今はやりの過労死と言うにちがいない。

「わたしのせいなんです……」

泣きくずれる霧子を、修次は胸の中に受けとめた。部屋中に立ちこめている線香とはちがう甘美な匂いが、鼻孔《びこう》をついた。眩暈《めまい》を覚えた。その不思議としか言いようのない匂いは、霧子の肌から香《かお》ってくるもののようだ。

「疲れてるんだ。少し休んだ方がいい……」

高鳴る鼓動を霧子に聞かれたのではないかと、修次は慌てた。だが、哀しみに沈んでいる義姉の前で胸はずませている不謹慎さを意識すればするほど、鼓動はいっそう激しい音をたてた。

紅をつけていない唇は花びらのように細かく震え続けていたが、今にもこぼれ落ちるかに見えるたよりない花びらに、修次は一瞬、この上なく淫《みだ》らな女の誘いを見たような気がした。

唇に吸い寄せられそうになり、ぎりぎりのところでとどまった。脳裏に強烈な光が飛び交い、常識や道徳といったものがことごとく消え去ろうとしていた。

かつてない危惧《きぐ》を感じた。

「義姉さん……少し休めよ……」

白いシャツの下にじっとり汗が滲《にじ》んでいた。

「今夜、兄貴のそばには僕がついています。義姉さんは休んだ方がいい」

霧子を抱きかかえるようにして廊下に出た。

青柳家は修次の亡き父が、やはり他界してしまった彼の母の意見も取り入れて建てたものだ。平屋の日本家屋は、今の都会では贅沢な建て方となってしまった。ゆったりした玄関から廊下が延び、右に曲がっている。このL字形の廊下を挟んで各部屋があった。

玄関から見て廊下の左側に六畳と八畳の和室があり、ふた部屋は襖《ふすま》によって隔てられている。修一の安置されているのは、床の間のついた仏間兼用の八畳の和室だった。右に直角に曲がった廊下を挟み、左手にバスやキッチン、ダイニングがあり、右手の向き合った位置には広いリビングがあった。寝室はその廊下の突き当たりにあり、リビングとの間を小さな納戸で隔てられ、愛の巣にふさわしく独立した空間をつくっていた。

通夜の終わった青柳家に残っているのは、修次のほかに、修一の同僚だった数人と、大学時代の友人達だ。親族は都内の各家に引きあげた。霧子は天涯孤独の身の上だ。通夜に訪れたのは、修一の関係者ばかりだった。

寝室は、まだ修次がこの家で暮らしていたころは兄弟で使っていたものだが、今は内装も変わり、面影もない。

ブラウン系で統一された壁や天井、絨毯《じゅうたん》、ワードローブや、ドレッサー……。それぞれの微妙な濃淡のちがいでシックに落ち着いていた。

壁の間接照明が、仄明《ほのあか》るくベッドを浮かび上がらせていた。それは修次に、三年間の霧子と修一の愛の営みを連想させた。

霧子の白い背中……。

霧子の丸い胸の膨らみ……。

霧子の妖しい秘部……。

霧子の……。

ふたりの絡みあった姿態が浮かび上がり、修次の軀が火照《ほて》った。

「義姉さん……」

「あっ……」

不意にベッドに押し倒された霧子は怯《おび》えた視線を向けた。

可憐だが誘惑的な唇に、修次は熱い唇を押しつけた。

夫を亡くしたばかりの哀しみで、霧子には抵抗する気力も残っていない。それでも首を振りたくり、逃れようとした。

乳房の隆起を喪服ごしに胸に感じた修次は、左手を着物の上からその膨らみにあてた。甘い霧子の匂いが鼻孔を刺激した。

強く唇を合わせ、修次は力ずくで舌を差しこんで唾液を吸った。頭の中が白くなった。

「修次さん……だめ……いや……」

胸を押した霧子が、哀しげなか細い声を押し出した。

修次は我に返った。

(義姉さんに何てことを……)

慌てて霧子から離れ、逃げるように寝室を出た。

「奥さん、ずいぶん参ってるようだったな。休ませた方がいい。彼女、眠れそうか」

修一とは中学時代から仲のよかった阿久津が、寝室から出てきた修次をめざとく見つけ、廊下の向こうから声をかけた。

修次は狼狽《ろうばい》した。

「なかなか休めないようだ……」

今すぐ霧子が寝室から飛び出してきて修次を非難するのではないか。この夫の友人だった男にたった今のできごとを話すのではないか……。修次は寝室のドアを背に不安だった。

「こんなに早く急に逝っちまうんだもんな。きれいな奥さんを残してさっさと逝っちまうなんて、最悪の男だ」

その言葉の裏で、修一を心底悼《いた》んでいるのがわかった。

修次は足早に和室に向かい、棺に横たわる修一を覗《のぞ》いた。安らぎの死顔が霧子との幸せだった日々を物語っているようだ。修次はうしろめたさを覚えた。霧子の唇の感触がなまなましく残っている。

棺の安置された部屋の襖を開け放し、隣の和室で修次達は修一の思い出を語りながら酒を呑んだ。義姉と唇を合わせてしまった後悔と甘美な思いの狭間《はざま》で、修次は酒を呑むピッチを早めていた。

三十分ほどして、霧子がやってきた。修次は盃《さかずき》を落としそうになった。

「みなさんリビングの方にどうぞ。簡単なものが用意してありますわ。そちらの方でゆっくりなさってください。ここにはわたしがおりますから」

修次を意識し、霧子は故意に目をそらして言った。

「どうして起きてきたんだ……寝なくちゃだめだ」

黙っていては不自然に思われると口にしてみたが、やけに喉《のど》が渇いた。やはり霧子は修次の視線を避けていた。

阿久津がみんなを促し、全員リビングに移った。そこにも酒の用意がされていた。

「ふたりきりになりたいんだ。修一を見られるのもあと半日だからな。あとは思い出の中にしかいなくなる……」

阿久津の言葉にその場が重苦しくなった。しんと静まり返った。

「しょげててもしようがないな。あいつはおとなしかったが陰気じゃなかった。呑もう」

気を取り直した阿久津が酒を注《つ》ぎはじめた。

目を覚ました修次は、重い頭を振りながら腕時計を覗いた。二時をわずかにまわっている。

通夜に残った数人の者達もみんな寝息をたてている。全員が眠りこんでしまうとは、何という失態だろう。

（どうしたんだ……）

（蠟燭《ろうそく》が消えているのでは……）

慌てて修次はリビングを出た。

「あなた……」

閉じられた和室の襖の向こうから、かすかな声が洩《も》れてきた。襖に伸びた手がとまった。

「あなた……」

また霧子の声がした。気のせいではない。

リビングに移る前までみんなといた和室に、修次はそっと入った。

「わたしのためにこんなに早く逝っておしまいになるなんて。おわかりになっていたはずなのに……」

言葉は疑問符となって、修次の脳裏をくるくるまわった。

〈わたしのせいなんです……わたしのせい……〉

数時間前も霧子はそう言っていた。

ふたりを隔てている襖をあけたい気持を押しとどめ、首を曲げ、欄間を見あげた。

部屋の隅の踏み台を運び、欄間から、閉ざされた部屋を眺めた修次は、あやうく声をあげそうになった。

喪服を落とした霧子の白い肌が輝きを放っていた。白磁の高貴な透明さと、ぬくもりのある紅志野の、磁器と陶器の異質さを越えたものがひとつになったような不思議な肌だった。

修次はまばたきさえ忘れていた。

棺の蓋《ふた》があいている。そこに手を入れた霧子は、修一の冷たい手に触れた。

「さあ、わたしの肌を触ってください」

修一の手を持ちあげようとした。だが、硬直した腕を動かすことはできなかった。

想像以上の修一への愛に、修次は感動とともに激しく嫉妬した。

「あなた……」

絶望的な声だった。

「もう触れてはくださらないのね……」

畳に落とした真っ白い長襦袢《ながじゅばん》だけを霧子は羽織った。

白い背中と修次の視線は、薄い布で隔てられた。そこへ行き、すぐにも長襦袢を剝《は》ぎとりたかった。

棺の縁にひざまずいた霧子の肩が細かく動きはじめた。

何が起こったのか、修次にはすぐに理解できなかった。

やがて、荒い息が霧子から洩れはじめた。

(義姉さんが……自分で……)

修次は踏み台から落ちそうになった。

長襦袢を羽織った右肩がとまることなく動き、快感に堪えきれない霧子は、ときおり倒れそうになりながら熱い息を吐きつづけた。

ひざまずいた膝《ひざ》をふたつの拳《こぶし》が入るほどに広げ、左手で花びらを開き、右手で肉芽を揉《も》みしだいている……。

視界を遮っている襦袢の中は、霧子のうしろ姿から想像できた。肉棒が痛いほど立ちあがった。

「あ……ああ……いい……あなた……」

喘《あえ》ぎはいっそう大きくなった。

右肩が動き続けている。霧子はずっぽりと肉の世界に沈んでいた。

「して……もっと……」

霧子の指に修一が乗り移り、修一の指となって悦《よろこ》ばせている……。今、霧子は修一の死を忘れて快楽の海にたゆたっているのだ。

修次はもう我慢できなかった。踏み台から下り、ネクタイをゆるめると、力まかせに襖をあけた。

霧子はぎょっとした。熱っぽい目を大きく見ひらいた。

（いや……来ないで……いや……）

羽織った長襦袢の衿元を堅く合わせ、今にも折れそうな細く白い首を振った。

「見ていたんだ、義姉さん……ずっとあそこから……」

血走った目をした修次は、欄間をさした。

屈辱に震える唇と狼狽の目が、修次を一匹の牡獣に変えた。

「してほしいんだろう、義姉さん」

すでに修次の唇は興奮でカサカサに乾いていた。

「だめ……いや……」

あと退《じさ》ることができないのを承知で、霧子は尻をずって棺桶に背をつけた。目が潤《うる》んでいる。

震えている義姉に、修次はゆっくりと近づいた。

「どうしてみんな眠ってしまったんだ。教えてくれないか。何か妙なものでも飲ませたんだろう?」

否定するように、霧子は何度も首を振った。

「兄貴に最後の肌を見せるために、みんなの酒に何か混ぜたんだろう? たった今、それがわかった。図星なんだろう?」

衿を押さえている手を払い、修次は力ずくで霧子の胸元を開いた。長襦袢にこもっていた痺《しび》れるように甘やかな匂い……。欲望は一気に膨らんでいった。

(いけないわ……だめ……)

困惑より、義弟に禁断の領域に立ち入られる恐怖に霧子は震えた。

「兄貴はもう義姉さんの軀を慰めることはできないんだ」

熱い息を吐きながら修次は霧子を押し倒した。

「だめっ。修次さん、だめっ」

拒絶の言葉とはいえ、霧子の声は、か細かった。

肩が見えるほど衿元をぐいと広げると、両方の乳房が現れた。修次は息をのんだ。決して大きくはないが、椀形の白い乳房は美しすぎる。その薄い皮膚の下に透けている細い血管。ほどよい大きさの、ひっそりした桜色の乳暈《にゅううん》のまん中で息づいている乳首。いかにもうまそうな淡く色づいた木の実だ。

修次は乳首にむしゃぶりついた。

声をあげ、霧子は修次の頭を押した。だが、びくともしなかった。

嚙《か》みちぎってしまいたくなる愛らしい乳首を吸いながら、修次は太腿《ふともも》の間に手を入れた。熱い蜜液が溢《あふ》れている。思いがけないことだった。夢中でまさぐった。ぬるぬるした愛蜜、柔らかな恥毛、秘密のくぼみ、やさしい二枚の花びら、堅く尖《とが》った妖しく小さな肉芽……。

「いや、いやっ……」

霧子は修次を必死で押しのけようとしていた。

「こんなに濡れてる」

乳首から顔を離した修次は、蜜液で濡れそぼった指先を、霧子の目の前に突き出した。

青白かった霧子の頬には今や朱が走り、戸惑いに火照っていた。

(あさましい……こんなときに……)

霧子は動揺した。

「義姉さんの指を……ここを触っていた指を……見せてくれないか」

いやいやをする霧子の右手を引っ張り、指の匂いを嗅《か》いだ。脳髄を刺激する妖しい匂いが染《し》みている。男の野性をいやがうえにも呼び覚まさせる淫猥《いんわい》な匂いだ。

（やめて……）

羞恥《しゅうち》と屈辱に、霧子はいっそ死にたいとさえ思った。

「兄貴にも嗅がせてやるといい」

棺の修一に向かって、霧子の指をぐいっと引っ張っていた。霧子は顔をそむけた。

「蠟燭がともっている間、寝室で……義姉さん」

即座に霧子は首を振った。

「嫉妬し、怒った兄貴は、おとなしくしているわけにはいかなくなって息を吹き返すかもしれない。義姉さんの望みだろう？　生き返ってほしいんだろう？」

修次の目は血走っていた。落ちている喪服や帯を霧子に差し出した。

「着ろよ。ずっとこのままでいるつもりか。ほかの連中がやってくるかもしれない」

これからのことを考える余裕はなく、霧子はただ素肌を隠すことだけしか念頭になかった。

修次に背を向け、喪服に袖をとおした。黒い帯を、時間をかけずに形よく締め、最後のしあげに、帯揚げを帯の間に挟んだ。

修次はすぐさま霧子を抱きあげ、廊下に出た。

足音を忍ばせるまでもなく、リビングの阿久津達は、まだぐっすりと眠っていた。

修次は寝室に入った。

「どうして着物を着せたかわかるかい？　義姉さんの喪服姿があまりにきれいだから、その姿で抱きたかったんだ」

「そんな……」

きっちり着物を気付けたからには、このまま何事もなく過ぎるかもしれないと思っていただけに、霧子は焦《あせ》った。

「あんなところを見てしまったんだ。自分の指でするなんて。その白い指で義姉さんがあんなことをするなんて」

「おっしゃらないで……」

羞恥のため、声は消え入りそうだ。

「俺の目の前で、今ここで見せてほしい。自分で指を動かして」

震えている霧子にかまわず、修次は細い指をとった。

「しないなら、義姉さんを力ずくで抱く。決めるのは義姉さんだ」

どちらもいやだと霧子は首を振った。

すぐさま修次は霧子を倒し、唇を塞《ふさ》いだ。首を振って唇から逃れた霧子の両手を右手で押さえ、左手を喪服の裾に割りこませようとした。

堅く膝を合わせ、霧子は修次を拒んだ。

「そんな力でいつまで拒めると思ってるんだ。自分でしないからこうなるんだ」

組み伏した美しい獲物を見おろした。

「します。だから、やめて。お願い……」

哀願する霧子はやけに小さく脆《もろ》かった。

「ほんとうにするんだな。嘘をついたら、二度と義姉さんの言うことなんか聞かないからな」

すすり泣きながら霧子はかすかにうなずいた。

「こっちを向いて、そのまま裾を広げてしろ。足を少し広げてひざまずいてしていただろう。左手でそこを開いて右の指で」

「やめて……」

恥辱に顔を覆った霧子の姿に、修次の屹立《きつりつ》はますます熱くなった。

「しろよ、さっさと」

裾を割ってひざまずいた霧子は、修次の視線から逃れるためにうつむいた。

「俺から目をそらしたら何度でもやらせるぞ」

近寄りがたいと思っていた美しい義姉に対し、今や修次は権力者になっていた。

睫毛を揺らしながら、霧子はやっと修次を見つめた。

「兄貴の代わりに見届けてやる。始めろ」

細くしなやかな指が、ためらいがちに秘所に触れた。こくっと霧子の喉が動いた。霧子の戸惑いが大きなほど修次は興奮した。

未亡人という哀しみの化粧で塗りこめられた義姉は、ぞっとするほど美しかった。現世から消えていく者を送るときに着なければならない哀しみの喪服は、霧子をより華麗に装わせる衣装になっていた。

戸惑う義姉に催促すると、霧子は視線を落とし、左手の二本の指で花びらをそっと左右にくつろげた。桜の花びらが散ったかと見まがいそうな、きれいな花園だった。淡い恥毛は、萌《も》え出たばかりの若草だ。

ごくごくと修次の喉が鳴った。すぐにでも秘園に触れたい欲求をかろうじて抑え、形のいい卵形の顎《あご》を持ちあげた。

鼻をすすりながら、それでも霧子は義弟を見つめ、指を動かしはじめた。唇が微妙に蠢《うごめ》き、眉根が寄り、瞼が動いた。白い歯が赤い唇の隙間《すきま》から覗き、甘く熱い息が洩れた。理不尽な目に遭《あ》っているという表情は、修次を興奮の極みへと誘っていく。

堪《こら》えきれずに霧子は声を洩らしはじめた。

細い指の動いている秘密の箇所をしっかりと見つめたいと思いながらも、修次は掌に載った霧子の顔だけを見つめていた。

(許して……もういや……)

肉の快感と屈辱の狭間で、霧子はじっとり汗ばんだ。

「兄貴にそうしているところを見せたかったんだろう? 兄貴と愛し合っていたこの寝室で、しっかりと見せてやるがいい」

肩の動きがとまり、霧子が指をとめた。

「つづけろ! もうすぐいくんだろう?」

修次は唇を持ちあげて笑った。だが、笑いは興奮のためにこわばった。

「もうすぐなんだろう?」

「あう……もうすぐ……」

ふたたび指を動かしはじめた霧子が、絶え絶えに言った。

ついに我慢ならなくなった修次は、喪服の裾をとってまくりあげ、視線を下腹にあてた。

心臓が破裂しそうだった。

「もういや」

霧子の指がとまった。

「つづけろ！」

「いや……もういやです……」

膝を閉じ、花びらの脇の肉溝にあてていた指を霧子が離した。

間髪を入れず、修次は霧子をベッドに押し倒した。

霧子が怯えた目を見開いた。

2

ノックの音がした。

「大丈夫ですか、奥さん」

阿久津の声だ。ふたりは沈黙し、息を呑んだ。

また阿久津がノックした。

「義姉さん、俺に恥をかかせたりしないだろう？　何も喋《しゃべ》るな」

霧子から離れた修次は、ドアを少し開いた。

「声がしたようだったから」

中を覗きこもうとする阿久津の視線を、修次は軀で遮った。

「心配かけてすみません。興奮しているんです。精神的に不安定で……だから、眠るまでついていてあげようと思っているんですが、どうしても眠れないようで」

「急だったからな……安定剤でも持ってきてやればよかった」

阿久津は大手の製薬会社に勤めている。そんな薬などいつでも手に入る。試供品なら簡単に持ち出せた。

「しばらく兄貴のところにいてやってくれませんか。義姉さんが眠ったら、僕もすぐに行きますから」

「わかった。さっき、急に眠くなってつい寝こんでしまった。みんなもそうだ。どうしたことかな。まったくだらしないことだ……じゃあ、奥さんの方、頼んだぞ」

阿久津が行ってしまうと、修次は鍵をかけた。そのままあけられたら大変なところだった。

「義姉さんは約束を破った。俺から目をそらした。指も離した」

阿久津と話していた数分の間に修次がまくりあげた裾はもとに戻り、しっかりと霧子を守っていた。

小さな口に修次は否応《いやおう》なくハンカチを押しこんだ。

涙の滲んだ目を修次に向け、霧子は首を振りたてた。

細い手首をぎゅっと握った修次は、股間の膨らみにその手を押しつけた。

屹立に触った白い手が震えた。

「これが欲しいんだろう？　これからは俺が義姉さんを愛してやる。そう決めた」

修次は霧子の首筋を唇でなぞった。薄いなめらかな肌の下で、血液が血管を破りそうな激流となって流れている。

霧子は舌を使い、ハンカチを吐き出した。

「舌を嚙みます……本当に」

押し殺した声だった。

「こんなに大きくなってるんだぞ」

ズボンのベルトをはずした修次は、青黒い血管の這《は》う剛棒を、霧子の前に突き出した。

「あ……」

肉柱を見た瞬間、霧子の秘芯はずくりと疼《うず》いた。とろりとした蜜が秘口を伝うかすかな感触に戸惑い、修次を意識して両の太腿を押しつけた。

「兄貴とどっちが大きい？　これで突いてほしいんだろう？」

屹立を持ち、霧子の着物に押しつけた。

「それはいや。言われたようにします。ですから……」

そう言いながら、悟られないようにさりげなく臀部《でんぶ》に手をやった霧子は、湯文字《ゆもじ》で股間の蜜をぬぐった。そして、目を閉じた。

霧子の足元にひざまずいた修次は、こはぜをはずし、足袋《たび》を脱がせた。つるりとした白い甲。指先についた桜色の五本の爪は、砂浜に打ち上げられた桜貝のようだ。

（どうしてなにもかもきれいなんだ……義姉さん……）

修次は足を取り、親指を口に入れた。

霧子は足を引こうとした。それをぐいと引き戻した。

親指を根元まで口に入れ、舌で舐めまわし、吸いあげた。指と指の間の溝を舌先で丁寧《ていねい》にねぶっていった。

「あう……そ、そんな……くっ……」

快感は爪先から全身へと走り抜け、皮膚が縮緬《ちりめん》のさざなみを描いて幾重にも広がっていく。愛撫に身を浸す罪悪感と恐怖に、霧子は修次を蹴《け》ろうとした。

修次はますます足を持つ力を強めた。順に小指まで咥《くわ》えては舐めた。次に足裏をまんべんなく舐めまわした。霧子が必死に声を殺そうとしているのがわかり、ますます行為に熱中した。

舌は足首へと這いあがっていった。細いくるぶしは霧子の上品さそのものだ。シルクのストッキングをはいているような感触に修次は感嘆した。こんなにきれいな霧子を抱いていたのかと考えただけで、棺の中の兄に、また激しく嫉妬した。

昔から修一と修次は仲がよかった。年が離れているとはいえ、双子のようだとさえ言われたものだ。その兄に、死別の哀しみの中で、それさえ薄れてしまうほど激しく嫉妬しようなどとは思いもよらなかった。すでに息絶えた修一の軀が、まだこの世に存在しているということにさえ嫉妬している。うしろめたく、また、おぞましかった。

修次は霧子の膝を折って持ちあげ、くまなく舐めあげていった。そのたびに霧子はなまめかしく喘いだ。着物の裾はすっかり広がりきっている。

唇が太腿を這いあがり、両脚の合わさった女の部分に近づいたとき、

「いやっ！」

霧子はさっと軀をうつ伏せた。子供のように身を揺すり、全身で修次を拒んでいた。

「義姉さんのせいだ。義姉さんが俺を誘ったんだ」

うつ伏せたままの霧子の口に、背後からハンカチで猿轡《さるぐつわ》を嚙ませた。うしろ手にした両手を、ベルトでグルグルと巻き、仰向けに転がした。

義弟に、しかも夫の通夜に自由にされる哀しみを、霧子は口輪をはめられた歪《ゆが》んだ顔に刻

んでいた。だが、修次はやはりその中に、妖しい誘いを垣間見《かいま》たような気がしてならなかった。

（どうしてそんなにきれいな顔をするんだ……）

乱れた裾の中の白い足をつかみ、ぐいっと力まかせに押し広げた。

「うぐ……」

霧子の声はハンカチの中にくぐもった。

うしろ手にくくられた手を自由にしようと霧子はもがいていた。喪服の下の胸が荒い呼吸とともに激しく上下した。

つつましやかにきれいにまとめられていた髪は乱れ、いかにも蹂躙《じゅうりん》されているといった格好だ。修次が見おろすと、霧子は首を振りたてた。ハンカチが唾液を吸ってぐっしょり濡れている。

「何が言いたいんだ。うしろめたいのか。兄貴のために喪服を着ている義姉さんが、こんなに淫らな格好をしているんだからな」

邪魔な裾をできるだけたくしあげ、腰を剝《む》き出しにした。

霧子は抵抗した。だが、腰を妖しく動かすことで、修次をますます興奮させることにしかならなかった。

恥丘に顔をつけ、頬で恥毛の感触を確かめた。細い性毛がやさしく修次を撫《な》でた。次に修次は、恥毛を下唇で掬《すく》いながら口に入れた。一本一本が溢れ出した修次の唾液で絡みつく。口に含んだまま、しばらく舌でもてあそんだ。

腰を振って逃れようとする霧子を、修次は骨盤をぎゅっと押さえこんで逃すまいとした。性毛を唇で引っ張られ、生え際を尖った舌先でちろちろと舐められると、霧子の総身がそけだった。

(いけない。いけないのに……だめ……)

何をされているのかわかっていながら、ぞくりぞくりとせりあがってくる感覚に、力が抜けていく。

やがて修次の舌先に、恥毛が一本まとわりついた。指で取り、抜けた一本を目の前で眺めた。修次のものとちがう、やわらかすぎるほどの性毛だ。

「ぐぐ……う……ぐ……」

(そんなに恥ずかしいものをご覧にならないで……)

そう言ったつもりだった。

「毛は消化しないって言うだろう? 軀に入ったらそのままいつまでも残るって本当かな」

恥毛を口に入れ、修次はゴクッと飲みこんだ。

霧子は唖然《あぜん》とした。

「一生、義姉さんといっしょに生活している気分になれそうだ。だけど、俺は義姉さんのすべてを食べてしまいたいんだ。この軀のすべてを」

太腿をまたいで座り、黒い帯揚げと帯締めを解くと、半身を抱き起こし、邪魔なベルトを手首からはずした。

帯を解いていく。女の着物を脱がせるのは初めてだ。

帯の下には、また別のものがあった。修次は伊達締《だてじ》めを解いた。ようやく喪服を開いたが、その下には長襦袢があり、それもまたきっちり締められている。守りがかたいほど牡《おす》の淫らな欲求が増していく。長襦袢を脱がせると、ようやく短い襦袢と湯文字だけになった。

最後の襦袢を脱がせると、和室で見た形のいい椀形の、吸いつくような絹の乳房がこぼれ出した。葉脈のような淡い血管が透けている。

ベルトを拾った修次は、うしろにひねりあげた手首をまたぐるぐる巻きにした。霧子はただ首を振り続けていた。

自由を拘束してゆとりを持った修次は、掌で乳房を包み、しっとりと息づいている膨らみを揉みしだいた。人妻だったとは思えないほどきれいな薄桃色の乳首が、つんと立った。唇でもてあそび、撫で、口に入れた。そのまま噛み切ってしまいたくなるほどこりこりした愛らしい乳首だ。決して近づくことを許されるはずのない禁断の地に、奇跡的に入りこむことができたような気がしていた。

片方の乳首は指に挟んで揉みしだいた。乳首に触れている指が疼いた。肉棒ははじける寸前だ。

乳首を吸い、軽く嚙んだ。

「ああ……あ……」

それまでとちがう声が霧子から洩れた。

蜜液が会陰を伝っていく感触のなかで、霧子の虚《うつ》ろな目はときおり閉じそうになった。甘い喘ぎに促され、修次はいっそう熱心に乳房と乳首を揉みしだき、舐めまわした。唾液が口いっぱいに溢れ、すべすべした霧子の肌がべとべとになっていった。

舐めながら、少しずつ降りていく。母親と繫《つな》がっていた印の臍《へそ》のくぼみ。修次の舌は、くぼみの底に向かって入りこんでいった。霧子の肌が震えた。

霧子は抵抗しなかった。さっきから秘口が疼いている。まだ触れられていないそこが、別の生き物となってひくりひくりと収縮しはじめている。そうなると霧子は泣きたいほどせつなくなり、疼きに身をまかせているしかない。塞がれた口から熱い快感の呻《うめ》きがかすかに洩れた。

秘裂のくぼみに指を伸ばした修次は、そっと指をあてた。
(凄《すご》い。もうこんなに……)
媚肉のあわいめだけでなく、アヌスの方までぐっしょり濡れている。
霧子は身をよじった。
閉じていた霧子の脚を広げ、修次はついにそこに頭を入れた。興奮と期待に軀が震えた。
淡い色のぷっくりした花びらに触れるとき、修次の指先が震えた。そっと双花をくつろげ
たどの女ともちがう陰部の匂いに修次はくらくらした。
花びらの合わさった上辺から出ている小さな突起。そのつつましやかな肉芽は、総身を舐
めまわした修次の愛撫でわずかに膨らんでいた。照明を反射してパールピンクに輝く突起は、
莢《さや》からこぼれ落ちた宝石の雫《しずく》に見える。宝石を包む莢の膨らみをそっくり口に入れ、舌先で
つついては舐めた。
霧子の腰がシーツから浮きあがった。
肉溝を舐め、すでに充血している花びらを唇でしごいた。つるりとした蟻《あり》の門《と》渡《わた》りも念入
りに舐めまわした。
霧子の腰が左右にくねり、浮き上がり、そのたびに、花壺から銀色にきらきらと輝く愛蜜
が湧《わ》き出した。拭き取るように舐め、まだ閉じている秘裂に舌を差しこんだ。

「あう……修次さん……いや……」

いやと言いながら霧子は小水を洩らしたように蜜液を溢れさせていた。鼓動を高鳴らせながら狭い妖道を舌先で押し開き、もうじき肉柱を包むあたたかな内襞《うちひだ》を確かめた。キュッとせばまった秘口は舌を押し出そうとする。柔らかな妖しい唇だ。

媚肉の割れ目から舌を出した修次は、目尻に涙を滲ませた霧子を見つめた。

「いきそうだ。もう我慢できない。これを見てくれ」

いきり立った男根を霧子の顔の上に持っていった。

霧子は怯えた目をした。その目がみるみるうちに潤んでいった。

つい今しがたまで修次の愛撫に放心していた態度をがらりと変え、霧子ははっきり拒んでいた。

「どうして……泣くんだ……あんなに感じていたじゃないか……」

泣くほどに修次の食指をそそった。

「口でやってくれるだろう?」

唾液でびっしょり濡れたハンカチをはずしてやった。

「解いて……」

「上手にフェラチオができたらな」

半身を起こした霧子の前にひざまずいて向かい合い、蠱惑的《こわくてき》な昏に屹立をあてた。何かを訴えるように霧子は修次を見あげていた。

「兄貴とどっちが大きい？」

昏のあわいに肉棒の先をこじ入れた。霧子は顎《あご》を引いた。修次は片手を霧子の背中にまわし、引き寄せた。硬直が霧子の歯にあたった。霧子はいやいやをしてそれ以上口をあけようとしない。

「わかった。もういい。わかったよ、義姉さん。あんなに濡れてたくせに」

唾液に濡れたハンカチを取りあげ、また霧子の口を塞いだ。

「ぐぐ……」

あらがうのにかまわず、うつぶせにした。足を引っ張り、ベッドから下半身を引きずり下ろした。まだ剝いでいない邪魔な湯文字は取らず、まくりあげた。それによって、霧子を犯すのだという、より強い実感があった。煽情的な双丘が目の前に現れた。

うしろ手にくくられているため、霧子はうつぶせた半身を起こすことができなかった。

絨毯についている霧子の膝をつかみ、力まかせに広げた。アヌスが恥じらいにひくついた。菊口が昏になって何かを訴えているようだ。その下で濡れた秘裂がねっとり濡れ光りながら息づいていた。

腰を持ち、ぐいと引いた。上半身をシーツに押しつけている霧子の尻が、修次に向かって突き出され、白い尻が淫らに揺れた。

紅梅《こうばい》色のすぼんだ菊蕾の中心を舌でつついた。また尻がくねった。

太腿をしっかりとつかんだまま、修次はすぼまりの中心をこじあけようとした。菊花はますます堅く閉じた。修次は思いあまって太腿から手を放し、愛蜜で人さし指を濡らし、すぼまりにあてた。秘菊は見た目より柔らかかった。菊口にゆっくりと指を挿入していった。

「うぐ……」

霧子がのけぞった。

白い尻が桃色に染まって揺れ、きゅっきゅっと指を締めつけてくる。修次は指をこねるように動かした。

「むぅ……」

霧子は首を振りたてて喘いだ。

（もうだめだ……）

どんなに耐えようとしても修次の我慢の範囲を越えている。秘菊から指を抜き、秘口に怒張を押し当てた。熱い蜜液でぐっしょり濡れている。桃色に染まっている霧子の双丘をつかみ、肉刀で秘芯を貫いていった。

まろやかな背中が反《そ》り返った。くくられたうしろ手のひ弱さが、ひそんでいた獣性を呼び覚まし、修次の欲望をかきたてた。

肉茎が子宮頸に届いてとまった。内襞が淫らにやさしく修次を締めつけてきた。やわらかな繊毛が蠢いているようだ。花裂の入口もじんわりと肉柱の根元を締めつけてきた。

(凄いぞ……生きてる……動いてる……)

歯をくいしばりながら剛直を動かした。

腰を揺すりあげるたびに霧子の上半身は押され、引き戻され、女壺を刺し貫いた太い赤銅《しやくどう》色《いろ》の杭《くい》のままに操られていった。

肉棒は花壺の底を突いては妖襞に添ってぐぬっとまわり、霧子の軀がこなごなに崩れるのではないかと思えるほど激しい抜き差しをくり返した。汲《く》み出すように蜜液が溢れ、抽送のたびにグジュッグチュッと淫らな音をたてはじめた。

霧子の体温は上昇し、ますます汗ばんでいった。背中が反り返るたびに首が折れるほど上向きになる。

一本の乱れもなく整えられていた髪はすでにほつれるだけほつれ、凄絶《せいぜつ》な色気を漂わせていた。

「いくぞ」

ラストスパートの速い抽送に、アグッ、ジブッ……と、溢れ出る愛蜜が上品な霧子には似合わぬ淫猥な音をたてた。

火の塊が修次を貫いた。白濁液が子宮の奥深くほとばしっていった。同時に、膣襞が激しい痙攣《けいれん》を繰り返した。

(凄いぞ……どうなってるんだ……)

修次は息をとめた。

精液を出しつくして萎《な》えたはずの男根が、たちまち花壺の中で回復し、次の抽送の準備を整えた。だが、修次はいったん屹立を抜いた。

四つん這いにさせたまま、剛棒を咥えていた女芯をくつろげた。花びらは痛々しいほど赤く充血して膨らみ、女芯から白濁した精液が流れ出している。

ティッシュで精液をぬぐい、霧子をベッドに押しあげた。

縛った手はそのままに、口を塞いだハンカチだけをはずしてやった。口辺が裂けたように赤くなっている。

「声を出すな」

修次が淡い水色のシーツを引っ張ると、霧子は自分から口をあけ、それを噛んだ。一度の行為では終わらないことを霧子は悟っていた。

太腿の間に頭を入れた修次の鼻孔に、汗や精液、蜜や子宮からの分泌物の匂いがいっしょくたになって入りこんだ。その匂いをひと嗅ぎしただけで、全身が一本の男根に変化し、むくむくと成長していくような気がした。

興奮に飛び出したパールピンクに輝く肉の豆を舐めると、霧子の腰が浮き上がった。赤くただれたように見える女の器官は、いかに修次が激しい行為を繰り返したかを物語っていた。もう一度犯すつもりだった修次も、うしろめたさを覚えた。

傷を癒《いや》すように舐めてやった。湧き出した蜜液に押されるように、青白い精液がしたたり落ちた。

「口でしてくれ。こいつを何とかしてくれよ」

抱き起こした霧子を絨毯にひざまずかせ、修次はベッドに腰掛けた。うしろ手にくくられたままの霧子は、奴隷の姿をして修次を弱々しく見あげた。

「許して……お願い……」

小さな唇がゆっくりと動いた。

「やれよ」

落ちている喪服をかけてやり、膝を開いて雄々しい男を霧子の顔面に突き出した。

「もう許して……」

修次は霧子の頭を押さえつけた。

「口をあけろ。いやならもう一度突き刺すだけだ」

霧子はおずおずと亀頭に触れ、ためらいがちに肉棒を呑みこんでいった。

睫毛が揺れている。上品な唇が肉根を根元まですっぽりと包んでいく。修次はそれを見おろしながら征服者の悦びに浸っていた。

動こうとしない霧子の頭を押さえては引き戻し、力ずくでフェラチオをさせた。

「うぐっ……」

頭を強く押されるたびに肉棒の先が喉にあたり、霧子は苦しげな声をあげた。

「自分でやれ」

後頭部から手を放した。

霧子は肉柱を出し、側面を舐めた。横から唇で挟み、舌先でチロチロつついた。淫猥な道具となった赤い生き物は、修次を深い穴底に引きずりこんでいった。

修次は爆発しそうになるのを必死に堪えた。

手を動かせない霧子の口だけの奉仕。か細い首がちぎれそうに見える。うなじの白さが、肩にかけられた喪服と対照的で眩しい。

「もっと頭を突っこんで袋も舐めろ」

舌の動きがとまった。

「解いてください。してさしあげます。ですから……」

霧子は哀しい視線で見あげた。

すでに一時間以上ベルトでくくられ、手首というより肩が痛いのだ。

「終わってからと言っただろう。やれよ」

せつなげな息をひとつつき、股間に顔を埋めると、霧子は肉刀の下の皺袋をなぞり、舐め、男玉をひとつずつ交互にぱっくり口に入れてやさしく吸った。

ほつれ毛がそよいでいる。

（こんなのは初めてだ……）

ずくっと快感が走っていった。

修一に鍛えられたのか、霧子の口戯は絶妙だった。手が自由なら、掌や指をどんなに妖しく動かすことだろう。しかし、今は、束縛された奴隷の霧子に奉仕させることにたまらない魅力があった。

「うまいな……袋はもういい。いきそうだ。こぼさないように飲むんだぞ。うんと口でしごいてくれ」

こわばりの先に透明な液が滲んでいる。

大きな剛棒を、霧子は口いっぱいに咥えた。小さな頭が前後に動きはじめた。

（とうとうこんなことまで……）

かしずいて義弟の男根を舐めさせられていることは、哀しみと同時に、せつない奴隷の悦びでもあった。交差する思いの中で霧子は丁寧に剛直をねぶり、吸い、舐めあげた。

「いい……そうだ……もうすぐだぞ……」

修次は通夜ということも忘れていた。霧子の行為を見おろしながら、動いている頭に軽く両手を載せた。

「もっと速く」

頭が激しく前後した。

「いく……うっ！」

脈打ちながら精液が噴き出し、霧子の喉をめがけてほとばしっていった。

霧子はむせた。もがきながら肉茎を出し、涙を滲ませながら呑みこんだ。

ようやく修次はベルトをはずした。手首が鬱血《うっけつ》している。赤くなった皮膚を丁寧に舐めてやった。

「義姉さん、もう後戻りできないんだぞ」

修次は霧子の頭をひとしきり抱いた。

3

初七日《しょなのか》がすんだばかりの青柳家はひっそりしていた。

地味な大島を着た霧子がうつむいていた。

「あした越して来るからな。ここは俺の育ったところだ」

修次はさっきから水割りを呑んでいた。修一の好きだったバーボンだ。

「わたしはここを出ます。子供もおりませんし、お屋敷は、青柳家にお返しいたします。修一さんと暮らせて幸せでした……」

薄い水割りに霧子は手をつけようとしない。氷はほとんど溶けていた。

「出ていかせたりはしない。俺は義姉さんといっしょに暮らす。もうほかの女など愛せない」

通夜の夜以来、修次は霧子を抱いてはいない。だが、四六時中、霧子のことばかり考えていた。あたたかな体温が甦《よみがえ》り、幾度も自慰にふけった。

「きっと後悔なさるわ」

霧子は修次と視線を合わせるのを避けていた。

「後悔？　ああ、後悔する。このまま義姉さんを放してしまったら、後悔してもしきれない」

空《あ》いたグラスに乱暴にバーボンをついだ。

「もう他人じゃないんだぞ」

「おっしゃらないで……それ以上おっしゃらないで」

視線をあげ、霧子は首を振った。

「ずっと義姉さんは濡れていた。それに、俺のものを口で愛してくれた」

反応を窺《うかが》うと、霧子は両手で顔をおおった。

あれからなんとか堪えていた霧子への愛《いと》しさが、堰《せき》をきって溢れ出した。霧子の横に座って抱き寄せた。

「四十九日が終わるまで……」

眉間《みけん》に小さな皺《しわ》を寄せて霧子は訴えた。

「その日になったら、一周忌が終わるまでと言うんだろう。そして次は、何と言うつもりだ。三回忌か」

たちまち霧子の目が潤み、鼻が淡く染まった。

「俺のこと、いやなのか。義姉さん、そうなのか……」

修一と霧子がいっしょになってから、修次はここと疎遠になった。仕事も多忙だったが、そのとき顔を出してみようかと電話しても、出かけるところだったり、来客中だったりと、そのときそのときうまくあしらわれたものだ。

（もしかして、義姉さんは俺と会いたくなかったのか……だから兄貴にそう言わせていたのか……）

今まで考えてもみないことだった。

「どうなんだ、義姉さん。毛嫌いするほど俺がいやなのか……」

言葉には勢いがなかった。征服者の面影《おもかげ》が消えていた。

「いいえ……でも、わたしのことはお忘れになって。わたしは明日にでもここを出ます」

立ちあがった霧子は、修次に背を向けた。修次は着物の袖をつかんだ。

「あの日、兄貴に誓ったんだ。これから義姉さんの面倒は俺がみるって。化けて出ないところをみると納得してくれたんだ」

なおも逃げようとする霧子を抱きあげ、あの日軀を重ねた寝室に連れこんだ。

「ここで毎日愛されていたんだな。兄貴はどんなふうに愛した。やさしくか、激しくか」

広いベッドの隅で霧子は身をちぢめた。

「今夜は誰もいない。思いきりやれるぞ」

獲物を見る目になった。

か細い声で霧子は拒んだ。

男を誘うような目をしている。哀しい顔であればあるほど力ずくで抱きたくなる。あの日もそうだった……。

「兄貴の初七日は俺達の本当の初夜だ。いいな」

霧子は無言だった。これからの日々を霧子は自分に託したのだと、修次は勝手に解釈した。

「そこに立って自分で着物を脱ぐんだ」

壁際をさした。

「明りを……消してください……」

押し倒し、着物を剝ぎ取ってしまいたくなる。すでにズボンの中の肉棒はいきりたっていた。

「さっさと脱げよ」

身につけたものがひとつ落ちるたびに、霧子の動きが鈍くなった。

(見ないで……そんなふうに……)

襦袢と湯文字だけになると、ついに霧子の動きはとまった。

「あとはあなたがなさって……お願い……」

修次の脳裏に、かつて考えたこともない淫靡《いんび》な行為が浮かんだ。これまで関わったどんな女にもノーマルに接してきたが、霧子を見ていると無性に虐《しいた》げてみたくなる。

「脱がないんだな」

これが返事だというように、霧子は背を向け、そのまま動こうとしなかった。

「わかった。じゃあ、毛抜があったら貸してくれないか。指に棘《とげ》が刺さってるんだ。放っておいたら今ごろになってひどく痛みだしたんだよ。ズキズキする。頼むよ、義姉さん」

霧子がそっと首をまわした。

修次は右の人さし指を差し出した。

ドレッサーの引出しから毛抜を出した霧子は、襦袢の胸元を押さえて差し出した。受け取った修次は、次の瞬間、霧子の手首をつかんだ。

「言うことを聞かなかった義姉さんに、これからお仕置してやる」

思わせぶりな笑いを浮かべた。

追いつめられた霧子の不安なまなざしが、ためらうことなく修次を淫猥な行為に駆り立てていく。

「義姉さんのかわいいヘアーを抜くんだ。剃《そ》ったんじゃ面白くない。すぐに終わってしまうだろう？　こいつで一本一本全部抜いてやる」

修次は霧子の湯文字を剝いだ。

「そんな、そんなこといや！　いやです。そんなことなさらないで！」

必死の抵抗が修次には快かった。

「俺達の記念すべき本当の初夜のために、義姉さんが決して忘れないことをしておきたい」

霧子を押し倒した修次は、背中を見せて腹の上に尻を載せた。

「苦しい……修次さん……」

体格のいい男がまともに腹に乗ったとあっては当然だ。修次はそれを計算していた。振り向いて、歪んだ顔を見つめた。

「言われたとおりに……ですから……ああ、苦しい……修次さん……」

ブリーフ一枚になった修次は、太腿の間に軀を入れた。柔らかな性毛を抜いていくのだと思うだけで昂《たかぶ》った。

腹に近い恥丘の部分から抜いていく。

「痛い……あっ……痛い……」

霧子はぎゅっとシーツを握りしめた。恥毛を抜かれるたびに声をあげる。抜いたところが点々と赤くなっていった。透けるような白い肌に残っていく斑点は痛々しかった。だが、霧子が声をあげ、汗を滲ませるほど、修次はその行為に没頭していった。

（選ばれた者だけに許される行為だ……俺だけに許された行為だぞ）

修次は恍惚《こうこつ》となっていた。

「いやっ……ああ……痛い……修一さん、痛い」

天国から地獄に突き落とされた修次は、顔色を変えた。修一への嫉妬と霧子への憎悪が燃えあがった。

「こんなことをされて兄貴に救いを求めたいってわけか。これが終わったらちがう仕置をしてやる。兄貴の名を口に出すたびに仕置してやる。いいな」

その場は押し黙ったものの、性毛を抜かれるたびに霧子は短い声をあげた。声をあげるたびに鼠蹊部《そけいぶ》が緊張し、足指が曲がった。

肉の豆や花びらの近くになって抜きにくくなると、クッションを尻の下に入れた。女の器官が剝き出しになった。霧子は苦痛の声をあげながら蜜を溢れさせていた。

（こんなことで感じているのか……）

修次は目を潤ませている霧子を見やった。

「もうじき子供のようにつるつるになるぞ。きれいにしてくださいと言ってみろ」

迷っていた霧子はやがて、

「きれいに……してください……」

ゆっくりと修次の言いつけどおりに復唱した。

恥毛を抜かれるたびに声をあげる霧子は、もう逃げようとはしなかった。

(わたしは辱《はずかし》められるために生まれてきたの……とうにわかっていたこと……)

縁どりが消えていくたびに、霧子は腰をひくつかせた。身悶《みもだ》えするたびに蜜液が溢れ出た。溢れた蜜は花びらの外側までしっとりと濡らし、修次が翳《かげ》りを抜いている柔肉も湿り気を帯びていた。天井からの明りに、蜜は朝露のようにきらきら光った。

「毛を抜かれていく義姉さんがおとなしく脚を開いていてくれるなんて、夢のようだ。どうして逃げない」

「逃げてもあなたはすぐにわたしを捕えて……ご自分のなさりたいようにしておしまいになるわ。もう修次さんから逃げられないんです……」

修次は勝利の笑みを向けた。だが、逃げられないのは自分の方なのだとわかっていた。霧子という女の魔性に憑かれ、虜《とりこ》になっているのは修次の方だ。

ゼリーでできているような霧子の性器。触れれば壊れそうな危うさがある。

修次はせっせと毛抜を動かした。

「痛ァい……もういや……いや……」

もう少しで終わるというとき、霧子が拒みはじめた。軀を回転させ、うつ伏せになった。

「上を向け」

「もういや。痛い。いや」

これまでとちがう、妙に子供っぽい甘えた声だった。言葉と裏腹に修次を誘惑する声だ。

尻を平手で思いきり叩いた。

「あうっ！」

尻たぼが緊張した。

「上を向け！」

首を振り、霧子はシーツを握る力を強めた。

バシッバシッと容赦なくスパンキングを浴びせた。

「ヒッ！　あっ！　あん……い……や」

霧子の声は気怠《けだる》い響きを帯びていた。

（スパンキングが好きなのか……）

半ば呆然としながら、修次は赤く手の形のついた尻にひときわ強い一打を加えた。桃尻が弾んで落ちた。

「兄貴にもこうされていたのか。こたえろ！」

「あうっ！　はい……」

あの穏やかでやさしかった修一が……と、すぐには信じられなかった。

「これが好きなんだな!」

「はい……ああっ……好きです……」

「ベッドからおりろ! ここに四つん這いになれ!」

修次はベルトを拾った。金具の部分を持ち、絨毯に犬の格好で這いつくばった霧子の尻に向かって一撃を振り下ろした。

ヒッと声をあげ、霧子が打ち震えた。

ベルトを振り下ろすたびに、額から汗がしたたり落ちていった。

やがて霧子が上体を落とした。尻には醜いミミズ腫れができ、ところどころうっすらと血が滲んでいた。

ベルトで打ちのめした霧子を見おろしながら、修次は愕然《がくぜん》とした。

サディスティックな男になっていく。通夜の日から……。まるで何かがのりうつったようだ。

「ベッドに戻れ……」

修次は混乱していた。

ほとんど抜きとられてしまった秘部を、霧子はおとなしく突き出した。

修次を怖がっている奴隷の目……。哀しげな目……。だが、隠されたほんとうの霧子の目はほかにあるのだと修次は悟った。指先が震えた。

残ったわずかな性毛を抜いていく。そのたびに霧子の腰は修次に近づいた。

一本残らず抜き取ると、修次は掌でさすった。餅のようになった肌を舐める。傷を癒してやるために舐めていく。何もない恥丘。何もない大きな二枚の柔肉。縁どりの消えた性器。子供の中の淫らな大人……。修次は飽きずに舐めまわした。

うつぶせにし、何本もの赤いベルトの傷痕《きずあと》も舌でたどった。染みるのか、霧子は苦悶の声を洩らした。

通夜の日、霧子は自分を責めていた。修一の死に霧子が深く関わっていたことを、ようやく修次も悟った。

(魔性の女か……だが、それでもいい……)

ふっと修次は笑った。

「霧子……」

顔をあげた修次は、初めて義姉の名前を呼んだ。

「俺といっしょになるな？」

こたえるかわりに半身を起こし、霧子は唇をつつましやかに修次に合わせた。合意による初めての口づけだった。

喉の渇きを覚えながら、修次は乱れた髪を撫でてやった。ふたつ年上の女がやけに幼く見えた。

「わたしはいけない女です……いけない女なんです……」

修次にしがみついた霧子は、泣きながらむさぼるように唇を求めていた。

第二章　恋人に別れの屈辱を

1

鉢植えの紫陽花《あじさい》が道路側の窓にふた鉢並んでいる。光線のわずかなちがいでブルーとも紫ともピンクともとれる、しっとりした七色の輝きだ。修次はいつになくそんな花を眺めていた。

いつもと同じはずのコーヒーがやけに苦い。

「私より早いなんて驚き。だから雨が降りそうになってるのね。まあ、コーヒーも空じゃないの。そんなに早く来てたの？」

故意に明るさを装った態度だ。千恵美は白いシルクのブラウスに、太いベルトでウエストの細さを強調した黒のタイトスカートをはいていた。

五年ほど前のまだ十九歳だったとき、大学祭でミス学園に選ばれたことがあるというだけあって、千恵美はスタイルがいい。今も、身長百六十五センチ、バスト八十六、ウエスト五十九、ヒップ八十八と、当時のままの体型を保っている。

ちょうど耳の隠れるウェービー・ボブもつきあいはじめたころから変わらない。千恵美はやたら流行を追うことをせず、服も髪型も身の回りの品も、自分には何が似合うかをまず考える。

くりっとした大きな目や肉感的な唇をしていることもあって、歩いているとやけに目立つ。振り返る男も少なくない。だが、見かけによらずセックスのときは消極的で古風な女だ。

大手のA物産食品輸入部に勤めており、同じ年の女性に比べると給与をはじめとして待遇はいい。

千恵美は元気な第一声を発したものの、椅子に座ると、たったひとりの兄を失って十日しかたっていない修次にどう接するべきか迷った。会うまでは、いくら取りこんでいたとはいえ、十日も電話のなかったことを恨みがましく言ってみたいと思ったりもしたが、そのひとことを呑みこませるほど、きょうの修次はいつもと様子がちがっていた。

「マンションを越そうと思ってるんだ」

千恵美は怪訝《けげん》な顔をした。

マンションはまだ新しい。間取りもいいし環境もいい。オフィスにも近いと、修次は気に入っていたはずだ。そして、そこで修次といっしょに暮らす日がくると千恵美は信じていた。

「実家に移ろうと思う。荷物の整理はおおかた終わった」

意外な言葉の連続だった。

霧子がいるのにどうしてだと千恵美は喰い下がった。修次と霧子のことなど想像することすらできないのだ。

「出ないか」

急に修次は息苦しさを覚えた。

「いやなことを……何か……話すつもりなのね……ここで話してちょうだい。どこで話すのも同じでしょう？」

こんなときでさえ修次の脳裏には、目の前の千恵美ではなく霧子のことが浮かんだ。

霧子に初めて会ったのは冬だった。大袈裟《おおげさ》なことが嫌いな修一は、霧子とふたりだけで結婚式を挙げた。事後報告を受けたとき、修次は驚いた。それまで二、三度会ったことがある婚約者とちがう女だったからというだけではなく、霧子があまりに美しかったからだ。

ふたりがどういう出会いをしたのか、修次は知らない。そして、それまでつきあってきた婚約者とどういう別れをしたのかも知らない。今の自分のように、霧子を愛していくために、それまでつきあってきた婚約者を前に苦いコーヒーを飲んだのだろうか……。修次は三年前の修一のことを考えた。

「なぜ黙っているの？　お話があるんでしょう？」

霧子が消え、泣きそうな千恵美の顔がクローズアップされた。

「俺のことは……忘れてくれないか……」

泣き出すか怒るかどちらだろうと修次は考えた。

「変なこと言わないで。びっくりするわ……」

笑おうとした千恵美の頬がこわばった。

「別れたいんだ。どんな責任をとればいい。俺にできることならする。あの男とよりを戻せるなら戻してほしい」

〈あの男〉とは、千恵美が大学時代に交際していた唐沢のことだ。唐沢は千恵美と別れるつもりはないようだったが、修次と知り合った千恵美の方はすっかり熱が冷めてしまい、卒業のころ、交際をやめた。

唐沢からは今もときおり電話がかかってくるという。偶然を装って目の前に現れることもあるらしい。彼はよりを戻したいのだ。千恵美が処女を捧げたのはほかならぬ自分であるという自負もあるのだろう。

「彼は千恵美にとって初めての男じゃないか。今も電話がかかってくるのなら、よりを戻すのは簡単だろう？」

理不尽な言葉だと修次にはわかっていた。

千恵美も納得しなかった。

「義姉さんといっしょになってくれというのが、兄貴からの遺言だ」

面倒になった。修次は一時も早く霧子のもとへ帰りたかった。

あんぐり口をあけた千恵美は、しばらく言葉さえなくしていた。

（何を言っているのかわかっているの……遺言だなんて……そんな……）

運ばれてきたコーヒーを、千恵美はいつになくブラックで飲んだ。

「愛してもいないお義姉さんと結婚するというの？　まともなこと言ってちょうだい。疲れているのならゆっくり休んでから喋ってちょうだい」

千恵美はそんな言葉を返すのさえばかばかしかった。

「くたくたに疲れている。だが、言っていることはまともだ。これきりにしたいんだ」

「お兄さんの死を口実にしているのね。前から別れたかったのね。そうじゃないの？」

千恵美の声は小さな呟《つぶや》きになった。

唐沢と別れたときのことを考え、人の心は自分の一方的な情熱だけでは取り戻すことができないのを知っている。今の自分が唐沢と同じ立場になったことを知り、千恵美は愕然とした。

「遊びじゃあなかった。それだけは言える。兄貴から俺へのたったひとつの遺言なんだ」

千恵美と知り合ったときも交際しているときも、霧子を愛せるとは思わなかった。これから何十年も霧子と修一はいっしょに暮らしていくはずだった。霧子は手の届かぬところにいる女だった。霧子を脳裏に描きながら自分の手で肉柱をしごいたことも一度や二度ではなかった。所詮、それだけが自分にできる唯一のことだと思っていた。

霧子が遠い幻の女であるのに比べ、千恵美は手の届くところにいる現実の女だった。そして、いっしょにいると、それなりに楽しい時間を持つことができた。

「責任はとる。だから……」

「わたしの心をどうやって繕《つくろ》ってくれるというの」

視線をあげた千恵美の目が潤んでいた。

「俺に何ができる……？」

「これからわたしを抱いて。いつものホテルに朝までいっしょにいて。そのくらいのことはしてくれるでしょう？」

すぐにでも霧子のもとへ帰りたい修次だったが、二年もつきあってきた千恵美の言葉を無《む》下《げ》にすることはできなかった。だが、すでに心の離れた千恵美を抱くことは、スポンジを抱くようなものだろうという察しはついた。

初めて千恵美を抱いたのもそのホテルだった。副都心の高層ビル街にあるホテルのひとつだ。

「お食事もご馳走してくれるでしょう？　そのあとバーで呑んでからお部屋に入りたいわ」

知り合った最初の日を再現させるつもりだ。

飲んで少し酔った千恵美は、今までのように修次の腕に躯を寄せた。

十日前までの千恵美に対する感情が修次には微塵《みじん》もない。抱きたいという感情が湧《わ》いてこない。千恵美に飽きたからというのではなく、疲れているためでもない。自分が男であり、千恵美が女であるという区別さえぼんやりしている。

服を脱がせるとき、今夜はどんな下着が現れるだろうかというのも楽しみのひとつだった。握れば消えてしまいそうな小さなパンティ。そんなもので腰を包める女が不思議に思えたりもし、たったそれだけで興奮もした。

「脱がせないの……？」

部屋に入るなりベッドに腰掛けた修次に、立ったままの千恵美が尋《たず》ねた。

二年間のふたりの習慣さえ、修次はわずか十日で忘れようとしていた。

「いやなら……いいわ……服ぐらい、自分で脱げるものね……」

ブラウスとスカートが落ちる。修次は目の前の千恵美の動作を、ぼんやりと眺めていた。

千恵美はキャミソールを落とすのをためらっていた。背中を向け、修次の手が伸びるのを待った。

「ほんとうに……嫌いになったの……？　どうしてなの……」

修次は現実に戻った。目の前に淡いピンクのキャミソールで立っている千恵美がいた。映像ではなく実体のある女だ。

座ったまま修次はキャミソールの紐《ひも》を肩から下ろした。絹の揃《そろ》いのブラジャーとパンティ。修次が絹の手触りを好きだと知っている千恵美が、また新しく購入したものだ。だが、修次にはそれさえ目に入らなかった。機械的にブラジャーをはずした。

「シャワー、先に浴びてこいよ」

まだ千恵美はパンティをつけていた。

「おろしたてのシルクのランジェリーにさえ無関心になったのね……」

振り向きざま千恵美は涙を浮かべた。

修次は慌てた。

「たった十日よ。信じられないわ。たった十日で人が変わるなんて。そうでしょう？　だけど、ここにいるあなたは十日前のあなたじゃないわ……」

千恵美が嗚咽した。

（まずい……）

二年もつきあってきた女とすんなり笑って別れられるとは思っていないが、できるだけことを荒立てずに別れたい。

肩を震わせている千恵美をベッドに押し倒した。

「あっ！」

豊満な乳房が胸の上で躍った。

顔を見ないですむように、すぐにうつぶせにした。腰を押さえてパンティを剥ぐ。腰は細くくびれ、足はすらりと長い。くるぶしは細く引き締まっていた。肌もきれいだ。白くはないが、若々しい輝きを発している。張りのあるCカップの豊かなバストは、今、軀の重みを支えていた。

くるぶしから抜き取ったパンティを鼻先に持ってきて匂いを嗅いだ。これまでそんな破廉《はれん》恥《ち》なことをしたことはなかったが、四六時中脳裏を占めている霧子をわずかでも遠くへ追いやり、興奮できるかもしれないと思った。

甘酸っぱい動物の匂いに、このきれいな千恵美も一匹の牝にほかならないのだと修次は思った。

「牝の匂いがするぞ」

肩ごしに首を曲げた千恵美が、修次の行為を目にして声をあげた。

「やめて！　そんなことしないで！　いやっ！」

破廉恥な修次の行為が千恵美には信じられなかった。プライドが傷ついた。

「自分の匂い、知ってるか」

起き上がろうとする千恵美の背中を押さえ、まるめたパンティを鼻先に押し当てた。

頭を振りたてて顔をそむけようとする千恵美を、修次は許さなかった。

「女の匂いというより、牝の匂いがするだろう？　性器の匂いだ。どうしてそんなにいやがる。自分の匂いじゃないか」

「うぐっ……や、やめてっ！　くっ……」

必死にあらがっている千恵美に、霧子を犯したときのような感情が湧きあがった。だが、ラブホテルではないので大声を出されては困る。隣室や廊下に声が洩れてはと、修次はそのままシルクのパンティを千恵美の口に押しこんだ。

ふたりは決して淡泊だったわけではない。会えば必ずといっていいほど軀を合わせた。だが、そこに辿《たど》りつくまでには時間をかけた。

潔癖症の千恵美に合わせ、服を脱がせたあとはまずシャワーを浴びた。向背位ではほとんどしない。千恵美がいやがるからだ。動物のようでいやだと言ったことがある。修次は四つん這いにしてうしろから抽送するのが好きだが、正常位か側位が多かった。

まして、千恵美のアヌスにキスなどしたことはない。初めはクンニリングスさえいやがった。最初の男にもあまりさせなかったらしい。快感より羞恥をとおり越し、嫌悪感を抱いてしまうようだ。照明も薄暗くないといやがる。

千恵美は真面目すぎる女なのかもしれない。修次はそんな千恵美を好ましいとさえ思っていた。処女のようで、徐々に開拓していく楽しみがあった。

ベッドインのとき、千恵美はむろん、声を出す。だが、隣室に聞こえているかどうかわからないほどのものだった。修次は千恵美にあわせ、あまり激しく突くこともなかった。時間をかけてひそやかに……。それがふたりの間でいつともなく自然に約束された性の営みだった……。

思いがけずパンティを口に押し込まれた千恵美は、舌を使って必死に押し出そうとした。

修次はネクタイを取り、千恵美がパンティを口から出せないように二重に巻いて口輪にした。

千恵美は大きな目をさらに見開き、首を振った。

「ここにこようと言ったのは千恵美だ。最後だからうんと愛してやる。本来の俺流の愛し方でな」

これまで誰に対してもノーマルだった。だが、霧子を抱いてから、自分のほんとうの姿は別のものだったのだという気がしてならない。

恐怖の顔。かつてない他人を見る目の千恵美に、修次はますます嗜虐的《しぎゃくてき》な感情を昂らせていった。

「おニューのシルクのパンティの味はどうだ。今夜はセックスがどんなものか教えてやる。お嬢さん向きではなく、大人の女向きのな」

言葉どおり、昔からこういうふうに千恵美を抱きたかったのだと修次は思いはじめた。紳士としてではなく、一匹の野獣になりたかったのだ……。

千恵美の両腕を横に広げ、がっちり押さえこんだ。

「うぐ……う……」

「むだだ」

躯全体で腰や足も押さえた。激しい拒絶は、霧子を犯したときのことを思い出させた。抱く気のなかった千恵美が霧子に変貌《へんぼう》していき、修次の肉棒を立ちあがらせ、奮《ふる》い立たせた。

乳首を舌先でころがすと、乳暈に沈んでいた果実は抵抗と裏腹にもっこりと首をもたげ、こりこりと成長した。

思いきり吸いあげた。

「ぐ……」

千恵美の顔は歪んでいた。

吸っては甘咬《あまが》みし、舌先でちろちろ舐めまわした。乳房は唾液でべとべとになっていった。気がつくと千恵美はいつしか泣いていた。抵抗の力も弱まっている。だが、押さえつけている手を放せばすぐに口輪を取るのは目に見えている。備えつけのバスローブの紐でうしろ手にくくった。

「初めてのところを舐めてやろうな。シャワーを浴びていないから汚れているかもしれないがな」

残忍な笑いが浮かんだ。

千恵美は尻であとじさった。

「尻を俺に向けろ。尻の穴をピカピカにしてやる」

自分の口からするりと出た下品な言葉に修次ははっとした。

(不潔……こんな人だったなんて……)

ベッドの隅まで千恵美はあとじさっていった。

修次はゆっくりと獲物に向かった。容易に捕え、歪んだ笑いを浮かべながら、ばたつく獲物をベッドにころがした。

「おとなしく尻を向けろ。それとも、最初からアヌスにこいつを突っこんでセックスするか。どちらを選ぶ？」

まだ修次にはアナルセックスの経験はない。だが、そう言えば千恵美はおとなしく尻を向けるだろうと計算した。

千恵美の顔は恐怖に引き攣《つ》っていた。

「そうか、さっさとアナルで繋がりたいわけか」

近づこうとすると千恵美は首を振りたて、泣きながら尻を向けた。修次に言われるまま、上体を伏せ、膝を立てて尻だけ突き出した。うしろ手にくくられているため、不自然できつそうだが、修次はその姿勢が気に入った。肉桂色《にっけいいろ》のすぼまりとやや薄めの菊襞がやけに破廉恥だ。

「シャワーも浴びていない尻を舐められる気持はどうだ」

尻が落ちた。修次はビシャッとスパンキングを与えた。二、三度たてつづけに叩くと、千恵美は震えながら尻をあげた。脚が長いので、膝を立てた尻はそれだけ高く持ち上がる。臀部を撫でさすり、桃尻に唇を這わせた。

(やめて……)

臀部がザアッと音をたてるように、一瞬のうちに千恵美は鳥肌立った。

修次は双丘を両手でぐいっと左右にくつろげた。たちまち腰が左右に揺れた。

「じっとしてろ!」

尻っぺたを叩いていさめた。赤い手形がついた。

肩先が震えている。傷ついてプライドをもぎとられ、泣いている。二年の間、完璧な紳士だった修次のあまりの変化にショックを受けている。

陰の部分が押し開かれ、菊皺が伸び、隠されていた菊蕾の中心が初めて修次の目に映った。

内側に向かってすぼもうとしている菊口は、羞恥と屈辱にひくついていた。

(ひどい……ひどいわ……)

なぜこんな屈辱を受けなければならないのかと、千恵美の修次に対する憎悪が膨らんでいった。

「いつ風呂に入ったんだ? きれいにしてるじゃないか。妙なものがついてるかと思ってたがな」

故意に辱める言葉を口にした。千恵美はいっそう激しく泣きだした。

尻たぼをしっかりつかんで菊襞を舐めあげた。

「くっ……」

尻が揺れた。

次に菊口をぺろりと舐めると、千恵美はくぐもった声を上げ、腰を落とした。

千恵美は全身で拒否していた。涙と唾液でびしょびしょの顔。そんな千恵美を見るのはむろん初めてだ。かつて抱いてきた女ではなく、見知らぬ女を犯している気がした。

唾液で濡れた菊口にコンドームをかぶせた指をつける。千恵美はひときわ激しく抵抗した。

指を慎重に挿入する。千恵美の全身が硬直した。同時に、第一関節をぎゅっと締めつけてきた。

（痛っ！　やめて……）

かたくすぼまった秘菊の口を、修次はさらに押し広げて挿入していった。

「ぐ……」

千恵美のものとは思えぬ低い呻きが洩れた。

菊花は何とか第二関節を飲みこんだ。修次はぐるりと円を描いてみた。そして、ゆっくりと抽送した。

（痛い！　いや。もういや……）

首を曲げ、修次を見つめ、千恵美は必死にそう言おうとした。

「気持がいいのか」

にやりとする修次に千恵美は激しく首を振りたくり、腰を動かした。

「動くな！　アヌスが裂けちまうぞ」

菊襞をこすりつづけ、飽きたところでようやく指を抜いた。

一服することにした。

尻を突き出させたままにしておき、煙草の煙を菊芯に向かって吹きかけた。

じっとしていると霧子のことが浮かんでくる。

(さっさとカタをつけるか。いつまでこんなことをやっているつもりだ。これだけでも相当堪《こた》えているはずだ)

修次は煙草を揉み消し、ひっくり返して仰向けにした。

これまで千恵美は、ベッドインのときは薄暗くしないといやがった。だが、今は全部の明りをつけている。ホテルの照明なのでそれほどでもないが、これまでとは比べられないほど明るいのは確かだ。

千恵美の性毛は薄い。大陰唇のあたりに透けるほど生えている以外はまばらだ。

秘所を指で広げた。千恵美は脚を閉じようとしたが、脚の間に軀を割りこませているので閉じられるはずがない。

長い間それほど観察できなかった花園をじっくり見つめた。まだふたりの男しか受け入れたことのない女の器官だ。花びらは大きめだ。生まれつきだろう。花びらを咥えて引っ張ってみた。裂かれて断片になった処女膜の奥からじわりと蜜が溢れ出した。修次はわざとズズッと淫猥な音をたてて蜜液を吸った。

「うぐ……」

ひときわ激しく千恵美の腰がくねった。

両の花びらの脇の肉溝にVの字にした指を置き、動かした。腰がまた淫らに動いた。修次の指の動きが速くなる。バイブのように細かく動かした。

乳房の隆起がエクスタシーの近いことを教えていた。口輪にしているネクタイが唾液で黒い染みになっている。

指を突起の包皮に移し、人さし指一本でクリクリと摩擦した。

「くっ……うう……う……」

口輪から洩れる千恵美の声の調子がこれまでとわずかにちがう。莢に押しつけた指でグリグリと円を描いた。

「ぐっ！」

千恵美が腰を数回バウンドさせた。ネクタイを嚙み、顔をのけぞらせる千恵美の眉間に二本深い皺が寄った。

いつもならそれでやめるが、きょうの修次は執拗《しつよう》だった。微妙に速度を変えながら指を動かしつづけた。

次々と気をやる千恵美は目を剝《む》き、くぐもった声を出し、別人のようにすさまじく悶えていた。

両方の人さし指と中指の背を合わせ、秘芯に挿入する。四本の指が根元まで入ったところで、秘裂を左右に限界まで広げてみた。それに抵抗して膣襞は収縮した。秘裂の中の指をめちゃめちゃに動かした。グチュ、グチョッと淫らな音がした。いやがっていてもけっこう蜜が出ているじゃないかと、修次は妙に感心した。

指を出してうつぶせにし、いきりたった肉棒をうしろから一気に秘口に突き立てた。千恵美はひときわ大きな声をあげた。

「どうしてうしろからされるのが嫌いなんだ。人間はもともと動物じゃないか」

背中も尻も汗でべとついている。

抽送のたびに千恵美は木の葉のように揺れた。

(知らない男に犯されているのよ……野蛮な男に……不潔な男に……)

秘芯の痛みに耐えながら、千恵美はそう繰り返した。

修次はラストスパートに入った。堪えに堪えて千恵美をいたぶっていただけに、勢いよく白濁液が噴きこぼれた。

肉茎を抜き、ぐったりしている千恵美から唾液でべとついたネクタイを外し、絹のパンティも出してやった。般若のように口辺を赤くした千恵美は虚ろな目を修次に向け、わっと顔を伏せて泣きだした。

激しい営みが終わってみると、千恵美に憐憫《れんびん》を感じた。派手な顔立ちをしているが、真面目な女なのだ。二年もつき合いながら向背位を嫌い、明るい光のもとではクンニリングスもさせなかった。それほどうぶな女なのだ。

なぜこれほど自分本位に千恵美をいたぶってしまったのか、終わってしまうと修次にもよくわからなかった。霧子を抱いてから何かが変わった。ふっと何かに憑かれ、今までとちがう自分になってしまう……。

「シャワーを浴びてこい……」

千恵美は顔を伏せたまま泣きじゃくっている。毛布をかぶせてやり、先にシャワーを浴びた。浴室の鏡に映った自分が他人のように見えた。

シャワーを浴びて戻ると、千恵美はまだひくひくっとしゃくっていた。

「いつまで泣いてるんだ」

うしろめたさを感じながら背中を揺すった。

「いやっ！　触らないで！」

目と鼻を真っ赤にした千恵美が修次を睨《にら》んだ。

「ケダモノ！」

蹂躙した牡への憎悪をあらわにした視線だった。

「抱いてと言ったのは誰だ。いつものホテルでと誘ったのは誰だ」

修次は平静を装ってやり返した。

「変態！　いやらしい。汚《けが》らわしいわ」

「とろとろジュースをこぼしてたぞ。何回も気をやったじゃないか。これまでよりうんと派手にな。いまさら何を言ってるんだ」

言い終わるか終わらないうちに、千恵美の手が修次の頬を打ちのめした。バシッと大きな音がした。修次は頬を押さえてにやりとした。

「出てって！　シャワーを浴びて戻ってくるまでには消えていて」

おぞましいものを見る目をしていた。

「朝までいっしょにいてと言ったんじゃなかったか」

「二度と顔も見たくない。声も聞きたくないわ。出てって！」

大粒の涙をこぼしながら、千恵美はバスルームに消えた。

修次は身繕いした。ネクタイは使いものにならない。さしあたり、駅の売店ででも買おうと思ったが、とうに閉まっている時間だ。タクシーならノーネクタイでもいいかと思いなおした。

部屋を出るとき、千恵美のために用意しておいた別れのプレゼント、ダイヤのネックレスを机の上に置いた。いつか銀座をいっしょに歩いていたとき、このデザインいいわね、と千恵美が言ったものだ。買ってやると修次は言ったのだが、千恵美は、そんな高いものいいわよ、と買わせなかった。

千恵美はバスルームで泣いている。ドアをあけ、悪かったな、とひとこと言おうとしてやめた。そのまま修次は部屋を出た。

2

タクシーに乗ると、千恵美の住む世界と霧子の住む世界が一瞬の間に分かれていった。千恵美がいるのはすでに遥《はる》か遠い世界だ。霧子の世界だけが現実になる。

いっときも早く霧子の顔を見たいと急いで玄関に入った。香の匂いがした。修一のために線香でもあげたのだろう。

タクシーの音が聞こえただろうに、霧子は現れない。零時近いが、先に休んでしまったとも思えない。いつまでも待つ女に見える。靴を脱ぎ捨て、霧子を探した。

和室、リビングと見ていったあと、最後に奥まった寝室に立った。ゴソゴソと音がした。

ノブをひねったが鍵がかかっていた。

「霧子……いるのか」

脳裏にさまざまなことが浮かんだ。

修一が生きており、霧子を抱いている……。

男が忍びこみ、いやがる霧子を抱いている……。

霧子に好きな男がいる……。

「霧子！」

夢中でドアを叩いた。

ドアがあいた。湯上がりとわかる艶《なま》めかしい霧子が立っていた。シルクの真っ白いナイトウェアが眩しい。着物が多いだけに、ネグリジェの霧子にはまたちがう妖しさがある。

「もう……今夜はお帰りにならないのかと思っていました……」

「なぜだ……俺が戻ってこないわけがないだろう……？」

そんなことを言う霧子がますます疑わしく思えた。

「女の方の匂いがします。若い女の方」

見ていたように言う霧子にどきりとした。

「女のいないところなんてないからな。オフィス、電車、呑み屋、女は必ずいる。それより、何をしていた。鍵などかけて」

今度は霧子が戸惑う番だった。

修次は寝室に入った。

ベッドはきれいに整っていた。誰かがいたとは思えない。だが、たった今整えたのかもしれない。修次はベッドと揃いのワードローブやロッカータンスをあけていった。

「何をなさるの……」

「誰かいるんじゃないのか」

「何をおっしゃるの。お風呂にでもお入りになって……」

何とか部屋から追い出そうとする霧子に、修次はますます疑惑を深めた。

人など入れるはずもないとわかっているところまであけてみる。

二段だけの背の低いチェストの前に立った修次に、霧子はひどく慌てた。引出しをあけようとすると霧子は声をあげた。

「いや。そこにはわたしのランジェリーやナイトウェアが……」

チェストの前に割りこんだ霧子は必死に首を振った。

「それほど破廉恥な下着なのか」

霧子の腰を掬い、その隙にさっと引出しをあけた。

「これは……」

いかがわしい雑誌でしか見たことのない淫具がぎっしり詰まっている。

(兄貴はこんなものを使っていたのか……まさか)

顔を覆った霧子は羞恥に耐えきれず、修次に背を向けた。

「まさか、兄貴に内緒で……自分でこんなものを……。どれを使った。どれだ」

そんなことはないと霧子は必死に否定した。

淫具のほかにロープや鞭《むち》の類《たぐい》まであった。ロープは赤い色をしていた。カラーのロープを見るのは初めてだ。

「これで何をする……なぜ赤なんだ」

鼻先にロープを突き出すと、霧子は寝室から飛び出そうとした。

修次は霧子の腕をつかんだ。

「ホテルにいる千恵美さん……」

唐突な霧子の言葉が修次の手をゆるめた。

「なぜ、あの方と朝までいっしょにいらっしゃらなかったの?」

「何のことだ……俺はこのロープのことを聞いているんだ」

ひるんだところを霧子に見せたくなかった。

「電話がありました。今夜はいっしょですから修次さんは戻りませんって。ですから、もうお帰りにならないと思っていました」

何もかも自分が悪いのだとわかっていながら、修次は内心舌打ちした。

修次の婚約者だとはっきり口にし、プレゼントには高価すぎるダイヤのペンダントをもらったことも話したという。

「お値段も聞きました。好きでもない人にそんなプレゼントはできません。ちがいますか?」

霧子は嫉妬しているふうでも、怒っているふうでもなかった。

「それならあした、霧子のためにその何倍かの金を出して宝石を買ってくる。そしたら、その分だけ愛情が深いということか」

もはや愛してもいない女のことで、なぜこんなむだな時間を費さねばならないのかと、修次は苛立《いらだ》った。

ベッドに押し倒した霧子のナイトウェアを剝ぎとった。

「千恵美はノーマルな女だ。だが、今夜俺は処女のように恥じらう千恵美を」

修次は赤いロープで霧子を縛った。

「口輪をし、手を縛ってもてあそんだ。あいつは、もう二度と俺の顔は見たくないと言った。俺を殴ってはっきり言った。いいか、あいつと俺はもうおしまいなんだ」

〈縛り〉を知らない修次は闇雲《やみくも》に霧子を縛った。白い肌にまわった赤いロープは、淫らな血のようでやけに妖しかった。数日前に抜いてしまったため、下腹にはただ一本の翳りもない。

「苦しい……もっとゆるくしてください……」

霧子は解いてくれとは言わなかった。

「何をしていた」

苦痛に喘ぐ霧子はひときわ美しかった。

「修一さんが使われたものを見て……あの方にされたことを思い出していました……ああ苦しい……」

鳩尾《みずおち》にまわったロープのせいだ。

「このロープはなぜ赤い」

「わたしには赤い化粧が似合うと……」

「化粧?」

「縄のことです……どうか、もう少しだけゆるめてください」

霧子は荒い息をする。酸素を欲しがっている顔だ。聞きたいことは山ほどあるが、あまり苦しそうなのでロープをゆるめた。

「兄貴はときどき霧子を縛っていたんだな……どんなふうに縛った」

霧子を縛っている修一の姿を想像し、修次はまた嫉妬した。逝った兄への愛しさと妬《ねた》み。通夜の日からそれは日増しに強くなる。兄弟としてではなく、同じ男としてのライバル意識。ひとりの女を奪うための闘いだ。

逝ったあとでも力を持ちつづける兄。三年の間に修一は霧子の軀の隅々まで知りつくし、壺を得た愛し方をしただろう。彼の些細《ささい》な行為にも霧子は悦びの声をあげただろう。

修次はまだ十日、数回しか霧子を抱いていない。霧子の軀にまわった赤いロープを見ているだけで修次は焦った。

「兄貴は最初からうまく縛ったのか。どうだ、霧子」

ぐいっと胸にまわった縄を引いた。

「あう……最初はだめでした……いくどもやってみて……」

「どんなふうに縛られたんだ。言ってみろ」

今、霧子の手はうしろにまわり、乳房の上下に乱雑に数本のロープがまわっているだけだった。

「亀甲《きっこう》、襷掛《たすきが》け、あぐら……ああ、もういや……」

霧子は恥じらっていた。

「それは何だ」

ノーマルだった修次は、〈縛り〉に名前があることなど知らなかった。

縄の間の乳房を力まかせにつかんだ。

肉感的な唇の狭間から並びのいい小さな歯を妖しく覗かせながら、霧子は苦痛に悶えた。

深呼吸を阻む数本の赤いいましめに、息を吸うたびに顔が歪んだ。

「俺の質問にこたえろ」

「あう……ですから……そんなふうに……縛られました。痛い……」

「俺にわかるように話せ」

「亀甲縛りや襷縛り……」

ようやく修次は悟った。

「どんなふうにするのが亀甲縛りだ」

「言えません……言えませんわ。口でなど……」

霧子の泣きそうな顔は煽情的だ。

「口では言えない？　それなら、俺がそれを知るには、いったいどうすればいい」

修一に比べ滑稽《こっけい》な縛り方をするものだと、霧子が内心笑っているのではないか……。修次は劣等感にとらわれた。兄の修一には何ひとつかなわなかったのだと、過去を振り返った。

一流の国立大学を簡単にパスし、そこを優秀に卒業して大手企業に難なく入社した修一に比べ、修次は一浪して私大に入学し、学問より運動に熱中して、年中ラグビーに汗を流していた。女にはもてたが、ラグビーの方が面白かった。

大企業の歯車のひとつになるのがいやで、就職のときは大手を敬遠した。インテリア関係の会社に就職し、企画宣伝部に属している。なかなかのやり手と社長は修次を重宝がり、かわいがられている。給料も年の割にはかなりいい。だが、修次はいつも、修一にはかなわないと思っていた。

「霧子、俺にも兄貴がしていたことを教えろ。どういうふうにすればいい。どうすればいいんだ」

霧子は口を閉ざしていた。

「なぜ黙っている」

乱暴に霧子の髪をつかんで引っ張り、仰向かせた。唇から覗く光を反射した白い歯のぬめりと怯えた目が、修次を凶暴にした。

「何か言ってみろ！」

「ああう……写真……」

細い喉を突きだした霧子は、やっと声を出した。

「写真を……ご覧になれば……」

霧子がうつむいた。その態度に修次の胸がざわざわと波立った。

「どこにある」

「チェストの引出し……茶封筒の中に……」

大きな封筒は膨らんでいた。

「これか」

霧子はますますうつむいた。

写真を見た衝撃に、修次の軀を火の塊が突き抜けていった。

縛られている霧子の裸体だ。修次の施したいましめとは比べものにならない。芸術的でソツのないみごとな線の絡みだ。

どの写真の霧子も羞恥に満ちている。ひどく淫猥だが決して気品は損なわれておらず、霧子の美しさを際だたせていた。

修次は息をとめるようにして緊縛写真に見入った。霧子はさまざまな縛り方をされている。表情もわずかずつちがう。泣いている霧子がひときわ愛しい。前方から、うしろから、斜めから……さまざまな角度から霧子は写されている。

赤い縄が股間に食いこんでいる哀れな姿もあれば、臀部の割れ目、菊芯に食いこんでいるものもある。上下の縄に乳房を絞られた姿などおとなしい方で、海老のように拷問《ごうもん》さながらにくくられているものもある。どれもが猥褻《わいせつ》で妖艶だった。

見終わると修次は霧子を凝視した。霧子は始終うつむいていた。霧子の胸にまわった目の前の赤いロープが、やけに乱雑で幼稚に見えた。修次はいましめを解き、霧子を乱暴に押し倒した。

「俺のやることを笑っていたな。俺はこれまで女を縛るようなことはなかった。俺は縛り方など知らない。俺に縛られてさぞおかしかっただろう。兄貴にあんな芸当があったとはな。いつからだ。最初からか」

ノーマルだったこれまでの性の知識など、霧子の前では無に等しいと修次は自嘲した。劣等感が、さらに手荒な行為に走らせた。

乳房を強く押さえこまれた霧子が顔を歪めた。

「兄貴は最初からあんなふうにしたのか。縛り方を知っていたのか。どうなんだ」

「いいえ。あとから……最初からではありません……」

「どうやって覚えたんだ」

「そういうものを教えていただくために……縄師の方に頼みこんで、お習いになったんです」

「どこの誰だ」

「存じません」

「知っているはずだ」

「いいえ……本当に……」

霧子の言葉は真実らしい。修次は乳房から手を放した。透けるような肌に手の形がついていた。

「兄貴に比べると俺のセックスなどお笑い草だろう。拒むと俺が何をしでかすかわからないと思って、いやいや抱かれていたんだな。最初から俺は強引だった。きょうも強引に抱く。あしたもだ。いやならいやと言ってみろ」

霧子を深く愛しているだけ粗野になるのはなぜだろう。愛している、と百回でも囁《ささや》いてやりたい気持を押し隠し、暴力的に両腕を押さえこんだ。

「修一さんとどうしてお比べになるの……修次さんは修次さん。もう修一さんはいらっしゃらないのに……」

それがわかっていながら、亡き修一が生前よりいっそう大きな存在となって迫って来るのをどうすることもできない。

「いなくてもこの軀が覚えているだろう。だから、さっきここで思い出に浸っていたんだ。そして、俺が戻ってきたことがわかっていながら、故意に鍵をかけたんだ。俺の貧弱なセックスを笑うためにな」

「いいえ。ちがいます。ちがいます」

霧子を責めるために勝手なことを言っているのは修次も承知の上だ。だが、霧子の脆弱《ぜいじゃく》な態度が修次を暴君にし、ますます権力を助長させた。

「今も俺より兄貴を愛しているんだな。はっきりこたえろ。俺と千恵美のよりを戻させたいんだな。そうなればせいせいするんだろう？」

『もう今夜はお帰りにならないかと思っていました』

『ホテルにいる千恵美さん……なぜ、あの方と朝までいっしょにいらっしゃいませんでしたの』

そんな言葉が甦り、霧子にとって自分は不必要な邪魔者でしかないのかもしれないと邪推した。霧子を抱いたとはいえ、その最初のときから、半ば力ずくの一方的な行為だという気持はぬぐえず、いつも不安がつきまとっている。霧子の愛の確証が欲しくてならない。目に見えないものだけに、なおさら欲しいのだ。

「霧子はあなたのものです。恥ずかしいことをされても耐えました。赤ん坊のように毛を抜かれてしまっても……」

最後の自分の言葉に恥じ入って、霧子はうっすら頬を染めた。

修次のペニスがぴくりとした。

「ただ……千恵美さんがお可哀相《かわいそう》。あなたもお可哀相。わたしは罪深い女ですから……」

こんなに乱暴にされていながら、なおかつ修次を哀れと言う霧子に、ようやく棘々《とげとげ》しさが消えていった。

「心を偽ってつきあっていくよりいいだろう？　もう霧子しか見えない……俺を助けてくれ……霧子……助けてくれ……」

修次は急に気弱になった。助けてくれとすがってしまうと、霧子のやさしさに包まれてしか生きていけないのだとわかった。霧子にどんな仕打ちをしようと、そんなときでさえ結局、霧子のやさしさに包まれているのだ。

「わたしを自由になさって……どんなにでもなさって。霧子はあなたの奴隷になって生きていきます」

修次の背中に霧子の腕がまわった。

3

「どういう風の吹きまわしだ。どうしたんだ」

深夜、突然現れた千恵美に、元恋人の唐沢は面食らった。

これまでいくら誘っても、別れてからはマンションに立ち寄ろうとしなかった。それだけ修次に対する愛が強いのだと、唐沢は苛立ち、嫉妬した。だが、それを口に出したり顔に出したりすれば千恵美を再び自分の手に取り戻すことができなくなると、辛《かろ》うじて平静を装ってきたのだ。

今度は千恵美の方から自発的にやってきた。唐沢にとって千恵美を取り戻すにはこの上ないチャンスだ。

唇が青白い。口紅さえつけていない。亡霊のように玄関先につっ立っているのを見れば、一目で尋常でないのがわかった。

「電話も……かけないで……いきなり……」

ようやく聞き取れる声だった。

「いきなりでかまわないさ。上がれよ。女なんかいないから心配するな」

千恵美の心をほぐそうと、唐沢はわざと軽く言ってみた。

コーヒーを入れてやっても、千恵美はただじっと座っているだけだった。

「あいつと何かあったのか」

ころあいを見計らって尋ねると、堪えていたものを一気に押し出すように、千恵美は顔を覆って激しく泣きじゃくりはじめた。唐沢の入る余地はなかった。

泣くだけ泣いたあと、千恵美は酒を催促した。

ウィスキーを出してやると、千恵美は速いピッチで数杯呑んだ。

あまり強くない千恵美はそれほど時間がたたないうちに酔い、一、二時間前に修次にされた破廉恥な行為をしゃくりながら話した。アルコールの力を借りなければ、とうてい口に出すことはできなかっただろう。

「死のうと思ったわ……あんなことをされるなんて思わなかった……ホテルを出てどこをどう歩いてきたのか覚えてないの……気づいたらここに来ていたの……わたし……もう生きていけない」

また千恵美は慟哭《どうこく》した。

(チクショウ！　紳士面したあいつが千恵美をオモチャにしたんだ。最初からそんな男とわかっていたら、力ずくでも千恵美を引き離していたんだ。仮面を被《かぶ》った卑劣な奴め！)

握った拳が震えた。

千恵美と修次がいっしょにいるのを覗き見したことのある唐沢は、修次に引け目を感じなかったといえば嘘になる。男らしいマスクも長身のスタイルも、短い期間では決して培うことができないとわかる上品な風格も、何ひとつ文句のつけようがなかった。その修次が下劣この上ない男だったとわかり、怒りは火のように燃えさかった。

酔っている千恵美は喋るだけ喋って惚《ほう》けた顔をしていた。

ベッドに千恵美を運び、照明を落とした。千恵美が明るい照明を好まないのを忘れるはずもない。

最後に千恵美を抱いてから何年になるだろう……と考えながら、唐沢は昂った。だが、唇《の》を押しつけると千恵美ははっと我に返り、首を振って逃れようとした。両手で唐沢を押し退けようとさえした。

ここまで来ていながらまだ修次への未練を断ち切れないのかと唐沢は苛立ち、両手を押さえこんだ。

「軽蔑してるのね……だから、こんなに乱暴にするんでしょう？　あの人とおんなじ。あの人もこんなふうに力ずくでわたしを抱いたのよ……」

千恵美はすすり泣いた。

これまで何年も待ってきたことを思うと、ここですべてをだいなしにしては後悔してもしれない。唐沢は半身を起こし、背を向けた。

「抱くつもりだったの……？　何もかも話したのに昔に戻れると思ってるの……」

わずかに震えている千恵美のシルエットが、薄闇の中に浮かんでいた。

「戻れるさ。俺はずっと待っていたんだ……」

「じゃあ、昔のように抱いてみてよ。昔のように抱けるなら抱いてみてよ」

どこか捨て鉢で挑戦的だった。

唐沢は千恵美を倒した。はやる気持を抑え、今度はゆっくりと動いた。

千恵美は受身だ。服を脱がされるまま人形のようになっている。肉づきがよくなった。より女らしくなったのが、薄闇の中でも、肌をなぞっていく指と唇の感触でわかった。

クンニリングスはせず、正常位で抽送した。

行為が終わると、千恵美は唐沢の背中にまわした腕に力を入れてすがった。そして、忍び泣きながら、やがてそのまま眠りに落ちていった。

外資系の唐沢の会社はフレックスタイムが採用されている。時間の融通はきく。早めに出勤して早めに退社し、何日か修次をつけた。

修次は仕事が終わると、毎日呆れるほどまっすぐに帰宅した。それもマンションではなく、実家の方だ。その足取りは軽く、千恵美のことなど微塵も考えていないといった感じだ。それがますます唐沢の憎悪をつのらせた。

(本当に義理の姉を抱いているのか……千恵美より義理の姉がいいというのか……バカな……それとも、義理の姉を追い出して別の若い女でも……そうだ、そうにちがいない)

新たな疑惑が唐沢の脳裏をよぎった。

唐沢がコソ泥のように修次の家に忍びこんだのは、千恵美がホテルで破廉恥に扱われて半月たったころだった。勝手口の鍵がたまたまあいていたのだ。

まだ八時だったが、唐沢は夜中まで待てなかった。見つかったら千恵美のことを持ち出し、居直るつもりになった。

キッチンの明りは消えていた。窓からの月明りで仄かに家具の輪郭がわかった。テレビの音もしない。

「修次さん……あう……許して……」

女の声に唐沢はびくりとした。

「ああ……だめ……」

キッチンとリビングを挟んだ廊下の突き当たりの部屋からだ。喉を鳴らしながら声の方に忍び寄り、ドアに耳をあてた。

「恥ずかしい……写真はいや。だめ」

「動くな！　もっと恥ずかしいくくり方をしてもいいんだ。兄さんだっていろんなことをしていたんだろう？」

「わたしは恥ずかしい女です……」

「ああ、そしてこの上なくきれいだ。誰も義姉さんの美しさにはかなわない」

義理の姉に修次が何をしているのか想像できた。唐沢は汗ばんだ。

（チクショウ！　やっぱりあいつは変態だったんだ。紳士面して千恵美をさんざん抱いておきながら、いつかは破廉恥なことをしようと、そのときを狙《ねら》っていたんだ……チクショウ！）

唐沢は拳を握った。

「義姉さん、俺は決して義姉さんを放さない。義姉さんがいなくなったら、俺は生きていけない」

（よく言えたものだ。千恵美にもそう言って俺から奪ったのか。だったら、俺も奪ってやる！）

唐沢は殴りこむ一歩手前で復讐の方法を思いついた。

第三章　復讐に妖しき獲物

1

ウイークディの午後三時、唐沢は青柳家の玄関に立っていた。

どなたでしょうと言うインターフォンの霧子の声に、亡くなった修一の同僚だと告げた。

海外赴任していたので葬儀にも出られず申し訳なかったと言うと、霧子は簡単に信用し、玄関をあけた。

薄いブルー地に青海波笹《せいがいはざさ》を染めたおとなしい着物姿の女が、目の前に姿を現した。

今にも壊れそうな薄いガラス細工を連想させる繊細な霧子に、唐沢は息をのんだ。

(確かに……きれいな女だ……だが……)

「わざわざご丁寧にありがとうございます。青柳が喜びますわ。どうぞ」

仏壇のある和室には火の気はなかったが、線香の匂いがこもっていた。

蠟燭に火をつけるため、霧子が仏壇の前に正座した。

(今だ!)

懐《ふところ》から出した猿轡《さるぐつわ》を、マッチを擦《す》ろうとしている霧子の真うしろから口に嚙ませた。

「ぐ……」

唐突な行為に霧子はマッチを落とし、その手で空をかいた。

「あんたに恨みはないが、修次のやつには深い恨みがあるんだ」

猿轡の次は両手首をうしろ手にくくった。そうしたあとで押し倒すと、着物の裾が乱れ、白い足袋の上に、ふくらはぎがちらりと見えた。

ほどよい肉づきのなめらかな皮膚は唐沢の獣欲を刺激した。復讐のためというより、この美しい生贄《いけにえ》を牡として蹂躙したいという思いが支配した。ブリーフの中の屹立がぐいっと持ち上がった。青いほど澄んだ目はすっかり怯え、きれいに揃えた眉が険しくなっている。起き上がろうとしているが、うしろ手にくくられているうえ、着物とあっては思うようにいかない。

「おとなしそうな顔をしているくせに、旦那が死んでまだひと月余りというのに、義理の弟といい仲になってしまうとはな。見ろよ、旦那が恨めしそうにしてるじゃないか」

黒枠の写真に霧子の顔をねじ向けた。眉間に皺が寄っている。何か言おうとしているが、唾液が猿轡を濡らしていくだけだった。

「修次の奴がどんな卑劣な男かわかってるのか。自由になるようになったあんたに夢中になって、ついこないだまでつき合っていた恋人を思う存分辱めて捨てたんだ。あの変態野郎に抱かれて何ともないのか。えっ？　あんたも変態女か」

家に忍び入ったとき聞いた霧子と修次のやりとりで、アブノーマルな性に溺《おぼ》れていることはわかっていた。だが、今にも壊れそうな霧子を見ていると、修次が一方的に破廉恥なことを強制しているとしか思えなかった。

霧子が揃えようとする脚の間に唐沢は膝を入れた。淡い桜の花びらを散らした長襦袢が見えた。きっちり着付けられている着物のため、脚はせいぜい三十センチほどしか開かない。

鼓動が乱れている霧子は、苦しそうに息をした。

激しく波打つ胸元にぐいっと手を突っこむと、霧子は猿轡の下からくぐもった声をあげた。どこに忍ばせているのか、匂い袋から甘い香りがこぼれ出た。

懐の中で柔らかい乳房が息づいている。掌ごしに、トットトットッと、恐怖の鼓動が伝わってくる。もう片方の手も入れ、一気に左右に押し開き、肘《ひじ》に向かってぐいっと下げ、肩まで剝いた。

折れそうな細い首を霧子が激しく振りたてた。

白磁のようにつるりとしたなめらかな肩に唐沢は息をのんだ。抱き寄せてやりたいと思わずにはいられない細い肩だ。

あらがいを無視し、その肩に頬を擦り寄せ、舐めた。うなじから、果物と花をないまぜにしたような不思議な香りが漂ってくる。

ご馳走を前にすると唾液の分泌が促されるように、これまで見たこともない極上の女の肌を前に、唐沢はかつてないほど唾液を溢れさせた。

両肩はすぐに唾液でびしょびしょになった。

（やめて……後生です……）

霧子は言葉にならない声をあげ続けた。

端正な顔だけに、歪んだ表情はいっそう哀れに映った。その顔を見ると、唐沢は余計に蹂躙したくなった。さらにぐいと懐を広げ、乳房を剝き出した。

「おう！」

透けるように白い乳房を目にした途端、唐沢は獣のような声を押し出し、膨らみにむしゃぶりついた。

「うく……」

抵抗の力が強まった。それはいっそう唐沢を奮《ふる》い立たせることにしかならなかった。乳首を吸いあげるたび、唐沢は媚薬《びやく》でも吸っているような不思議な気持になった。子供を産んでいないせいか、まだ乳首の色は淡く、大きさも口に含むにはちょうどいい。夢中で吸っている唐沢は、首を振り続ける霧子から口輪が外れたのに気づかなかった。

「後生です……おやめになって……」

唐沢はぎょっとして乳房から顔を離した。形のいい小さめの唇の辺に口輪の痕がつき、醜く赤くなっていた。唐沢は慌てて口輪を元に戻そうとした。

「おやめになって……決して大きな声は出しません……ですから……」

「嘘を言うな！」

「決して……」

「黙って俺のオモチャになるってわけか」

「それだけは……」

「それみろ。どうせおとなしくはしていないんだ」

言葉を出すとき唇からちらりと覗く白い歯はやけに煽情的だった。その歯を見ていたいがため、猿轡を嵌《は》めることを躊躇《ちゅうちょ》した。だが、やはり声を出される不安があった。

「もう一度嚙んでな」

唐沢はまた猿轡を噛めた。

帯を解き、着物を脱がせてしまうのは惜しい。いっときも早く全裸の霧子を見たいと思いながらも、こんなに早く脱がせてしまうのが惜しくてならない。

千恵美は正月に豪華な絞りの振袖を着たが、自分で着付けられるはずもなく、着物を着ている間は映画や食事や散歩しか許されず、抱くことはできなかった。唐沢はまだ着物の女を抱いたことがない。

獲物が着物を着ているというだけでいつになく昂《たかま》った。復讐を忘れ、いつしか美しい霧子の虜になっていた。

裾をつかんでめくりあげた。小紋の着物も長襦袢も湯文字もいっしょにめくれあがった。スカートやスリップがめくれたときより卑猥《ひわい》な感じだった。まだ膝までしか見えない。

（やめて……これ以上は……いや）

脚の間に唐沢の軀が割りこんでいるのを知りながら、それでもなお霧子は必死に脚を合わせようとした。

唐沢は獣のように荒い息を吐いていた。今度は腰まで一気にめくりあげた。

霧子はがむしゃらに首を振りながら、心細くなった腰もくねらせた。

「おっ……」

したばきをつけていない。着物を着慣れた女が何もつけていないということを聞いたことはあるが、意外だった。だが、目の前の霧子は確かに湯文字の下に何もつけていない。そして、想像していた淡い恥毛が一本もないのに心騒いだ。子供のようにつるつるだ。

唐沢の耳に、すすり泣きが聞こえた。

裾をめくりあげられた霧子は乳房も両肩も晒《さら》され、隠れているのは帯のあたりと腕だけだった。蹂躙されている獲物そのものだ。

(もっといたぶってやる。いやらしくいじられたいんだろう……)

千恵美のことも修次のことも念頭から消えた。

部屋に入ったとき出された厚めの座布団をふたつに折り、霧子の腰の下に差しこんだ。弓形になった霧子は剝き出しの秘園を天井に向けて突き出し、もがいていた。

脚の間に腹這いになった唐沢は、すべっとした腰をつかみ、かぶりつくように秘芯に顔を埋《うず》めた。魅惑的な秘芯の匂いが唐沢をくらくらさせた。秘裂を舐め、舌を差し入れると、きゅっと秘口がすぼみ、舌を押し出した。舌先にほのかに塩辛い蜜液の味を感じた唐沢は、はじめてわずかな距離をつくって花園を見つめた。

(これは……すごいぞ……何てきれいなんだ)

恥毛のない性器。ふっくらした大陰唇の内側でしっとり息づいている妖しい二枚の花びら。

細長い包皮から顔を出した、つまめば溶けてしまいそうな繊細すぎる肉芽……。愛液で濡れ光っている媚肉の合わせ目は食虫花のようだ。餌食《えじき》がそこまできているのを察知し、唾液をたらたらとしたたらせているように見える。

色といい形といい、これまで見たこともないきれいな女の器官だ。だが、楚々《そそ》とした中に淫らな誘いがあった。一度見てしまった以上、その呪縛から決して逃れることはできないのかもしれない。

濡れた会陰と、さらにそこからすぼまった菊花まで伝い落ちている蜜液……。蠢く秘芯と菊口の粘膜は、唐沢に向かって何かを囁いているようだった。

繊毛の縁どりがないとはいえ、これほど官能的な女を見たのは初めてだ。処女だった千恵美よりさらに美しく、これまでに抱いた数人の女などとは比ぶべきもない。

(夢じゃないのか……こんなにきれいな性器があるのか……それなのに、こんなに挑発的に俺を見つめている……)

唇が乾いた。

顔をあげると、霧子のほつれ毛がこめかみや額にこびりついていた。あまりの艶めかしさに唐沢はぞくりとした。

声を出される不安も忘れ、乱暴に口輪をはずした。

「許してください……」

次の言葉が出せないように、唐沢は紅の取れた唇を口で塞ぎ、舌を入れて唾液を吸った。

霧子は力を抜き、されるままだった。抵抗されずに容易に霧子の唾液を吸える不自然さを、夢中になっている唐沢は気づかなかった。

ひと息ついたとき、

「これで修次さんを許していただけて?」

か細い声で霧子が言った。

唐沢は自分がなぜここにいるのかを思い出した。

何もかも忘れていたときに修次の名が出たばかりでなく、修次を庇《かば》う霧子の言葉だった。霧子はただ修次のためだけにおとなしく身をまかせていたのだ。

唐沢はいきりたった。

「一生許さないぞ。あんな卑劣な奴!」

自分も卑劣な行為をしていることは棚にあげ、妖しく美しい霧子を毎日自由にもてあそんでいるひとりの男を、彼は憎いと思った。千恵美を蹂躙したことより、霧子をひとり占めしているということの方が、今は重大なことだった。

「修次さんが悪いんじゃありません……わたしが……」

「それなら、おまえも罪を償《つぐな》え!」

愛しさ余った唐沢は、憎悪の目で霧子を見つめた。

「未亡人になったばかりというのに毎日義理の弟を咥えこんでいる淫らなソコに、いいものを入れてやる。死んだ亭主の恨みも晴らしてやらないとな。そこをつるつるにしたのは修次か。あいつのやりそうなことだ」

仏壇の蠟燭立に立っている真新しい太い蠟燭を抜くと、霧子の秘裂にぐいっと押しこんだ。

すでに濡れていたとはいえ、一気に奥まで突き刺され、霧子はヒイッと苦痛の呻きを洩らした。

「不浄な身にはぴったりの道具だろう?」

直径三センチほどの蠟燭を乱暴に抽送し、ぐぬぐぬ動かした。

「あう! 堪忍して!」

「もっと太いのが欲しいんじゃないのか」

もう一本の蠟燭を抜き、秘孔に刺さった蠟燭に添わせて強引に押しこんだ。

「ヒッ! いやぁ!」

座布団で持ち上がっている腰がさらにぐっと突き出され、左右に揺れ動いた。

誘われた唐沢は、二本になった蠟燭を膣の中でもてあそんだ。肉壁を擦り、子宮頸を突き、抽送する。みるみるうちに多量の蜜液が汲み出され、チュグッ、チュブ……といやらしい音をたてはじめた。

「や、やめて……あう……」

霧子の鼻は赤く染まっていた。

「びっしょり濡れてるんだぞ。この好き者が」

蠟燭をこねるようにしていっそう激しく動かした。動かすほどに凶暴な気持が湧きあがる。女芯が壊れるのではないかと思えるほど乱暴に動かしていた。

「ああう！」

ふたつ折りの座布団の上で腰がバウンドした。蜜液をしたたらせる淫猥な秘貝の口がきゅっきゅっと収縮し、絶頂を極めていた。

苦痛と甘美さの入り交じった表情を浮かべ、白い歯を見せて口をあけている霧子に、唐沢は自分がエクスタシーを迎えたように深い息を鼻から吐いた。

（気をやったんだ……こんなことをされて気をやりやがったんだ……仕置してやる）

蠟燭を媚芯から抜いた唐沢は、仏壇のマッチを取った。火をつけ、芯に炎の先を持っていった。チッとかすかな音がして、すぐにはつかなかった。芯にたっぷりとまぶされた蜜のせいだ。

三度目にようやく火がついた。

「大きな声をあげたらこいつを下につっこんでやる。いいな」

「許して……」

炎を怖がって霧子は哀れな声を出した。

「蠟を垂らしても怪我をするわけじゃないよな」

見たことはないが、蠟燭ショーというのがあることぐらい知っている。ショーでやるくらいなら危険はないだろうというのが唐沢の考えだった。

着物に隠れそうになっている右の乳房をつかみ出し、乳首の近くで蠟燭を傾けた。乳首をそれ、乳暈の外側にポタリポタリと落ちていった。

「ヒッ！　熱っ！　あう！」

恐怖に顔をこわばらせ、霧子が逃げようとした。

「騒ぐな！」

どんな感じになるかと、今と同じくらいの高さから自分の手の甲に垂らしてみた。熱い。火傷《やけど》しそうだ。唐沢は愕然とした。女の繊細な肌にはもっと熱く感じたにちがいない。

蠟燭の種類について、唐沢は何も知らなかった。プレイのときは赤い和蠟燭が使われることが多く、それは洋蠟燭より和蠟燭、さらに白より赤の方が融点が低いためだとは知るよしもない。

乳房から数滴の固まった蠟を剝ぐと、真っ赤になっている。火傷しているようだ。赤くなった乳房の一点を、唐沢は執拗に舐めた。

肉杭で霧子を突きたいという思いが急速に膨らんできた。霧子を見おろすと、犯されているというより、責め苦を受けているようだ。

小紋の着物をまくりあげられて太腿や秘部を晒し、肩と胸も無造作に覗いている。その白い乳房に垂らされた蠟の痕の周囲には、鬱血したキスマークの赤い色が広がっていた。苦痛と恐怖のないまぜになった霧子の目が唐沢を見つめていた。怒りも非難もなく、ただ哀しげな視線だった。

獣の目をした唐沢は、獲物の屈辱的な姿を観察した。このままで行為を行なうことは可能だろうが、帯はやはり邪魔になりそうだ。

霧子の半身を起こし、帯に手をかけたものの、どうやって脱がせるのかわからない。まずは、目につく帯の中心を通っている帯締めを解いた。霧子の背中でパサリと乾いた音がして、お太鼓が落ちた。だが、胴にまわった帯はそのままだ。唐沢はゴソゴソやりながら舌打ちした。

適当に手を動かしていると何とか帯は解けたが、それだけで畳には帯のほか、帯揚げ、帯締め、帯板、帯枕、腰紐などが散らばっていた。

さりげなく着ていたので、それほどたくさんのものが出てこようとは思いもしなかった。

まだ着物の方には手をつけていないが、もうゴタゴタしたものはおしまいだろうと思った。

ようやく、うしろにまわっている手首のいましめを解いてやった。

赤くなった両手首を擦《さす》ったあと、霧子は着物の衿を合わせて身を庇いながら、尻であとじさった。

「修次のかわりに罪を償ったらどうだ。いやなら修次の奴を半殺しにしてやってもいいんだ」

「やめて……」

霧子が肩を落とした。

ひととき人形のようになった霧子の着物や長襦袢を、唐沢は素早く脱がせていった。

ようやく湯文字と足袋だけになった。

素裸にしてしまうつもりだったが、足袋と腰を覆う湯文字だけにして犯すというのもなかなかいいかもしれないと興奮した。

女らしい丸みを帯びた軀としっとり息づいている肌を見た唐沢は、肩を引き寄せ、背中に唇を当てて感触を確かめた。ほんのりした甘い香りとともに、肌は唇に吸いついてくる。

唇を移動させるたびに霧子は喘ぎを洩らした。特に、肩甲骨の内側にそって舐めると、喘ぎはいちだんと大きくなった。うなじの細いおくれ毛が細かに震えた。

「そこはだめ……ああ……やめて」

さざなみのような快感が肩甲骨の周囲を起点として全身に広がっていくのに喘ぎながら、霧子は肉の脆さと貪欲さに、ただ身をまかせていることしかできなかった。

「もう許して……そのうち修次さんが戻ってきます……騒ぎになります……」

「騒ぎになったら、おまえが恥ずかしいことになるだけだ」

フンと鼻を鳴らし、乳房に両手をまわした唐沢は、乱暴に乳首をつねりあげた。

ヒッと霧子が呻いた。

霧子が哀れな姿を晒し、哀れな声をあげるたびに、唐沢の獣性が増した。

「腰巻きをめくって四つん這いになれ」

霧子はよろめきながら部屋の隅に逃げた。唐沢は片足を捕えて引き倒した。

つい今しがたまで舐めまわしていたきれいな背中を片足で踏みつけ、腰巻きをめくりあげた。

尻の双丘は唐沢を誘っていた。尻たぼのくぼみが屹立を疼かせた。

伊達締めを取り上げた唐沢は、臀部に向かって打ち下ろした。

「ヒイッ！」

肉を叩く鈍い音と霧子の声が、残忍さをかきたてた。踏みつけている背中にも一撃を与えた。唐沢は汗がしたたるほど夢中になって、背中と尻を打擲《ちょうちゃく》し続けた。

「堪忍……」

声をあげ、乱れきった髪を振り乱しながら霧子は首を振った。

「どうして逃げようとした！　俺から逃げようとした罰だ」

ハァハァ喘ぎながら唐沢は、霧子の白い肌に赤い線を増やしていった。まくれあがった腰巻きと白い足袋が唐沢を別人にし、ますます狂気に駆り立てていった。

うつぶせの霧子は肩を細かく震わせながら泣いていた。

唐沢は伊達締めを放った。

「四つん這いになれ。修次の奴が千恵美を辱めたと同じことをしてやる。言うとおりにしろ！」

霧子がよろよろと膝と腕を立てた。唐沢はうしろから霧子の太腿をぐいと割った。

「い、いやっ！」

「黙れ！」

力いっぱいのスパンキングを与えておき、股間を眺めた。すぼんだ菊蕾が晒され、羞恥にひくついている。その下に、雫をしたたらせている貪欲で美しい花園があった。

めくれあがった腰巻きはもはや用をなしてはいないが、白い布がわずかでも霧子の肌を包んでいることでやけに官能的だった。

ためらわず、菊蕾に鼻をつけて匂いを嗅いだ。秘菊さえほのかに甘い香りを放っていた。

菊蕾を舐めあげると尻が揺れた。

アブノーマルなことをしている感覚はなかった。霧子に対する当然の行為をしている気になった。舌触りがいい。菊襞が愛らしく、その中心の菊の花はきゅっとすぼんでいるものの堅くはない。舐めまわし、舌先を差し入れるとつるりと入っていきそうな感じさえした。

顔を離した唐沢は菊花を揉みしだいてみた。どんどん柔らかくなっていく。蜜を出しているように湿り気さえ帯びてきたのがわかり、唐沢は息をのんだ。排泄器官とは思えない。

指を入れてみた。つるりと入りこんだ。入りこんだものの菊口はゆるくはなく、きゅっと指を締めつけてきた。

唐沢にはアナルセックスの経験はない。指を入れるのもはじめてだった。これまで不潔だとしか思わなかった行為が、霧子の菊蕾を見て触れた瞬間から甘美な行為に思えてきた。

第二関節まで沈め、数回ゆっくりと抽送した。

「ああ……」

霧子の喘ぎは羞恥だけでなく、快感を伴っていた。

指を抜いた唐沢は、そのままの姿勢を保っているように命じ、素早くズボンのファスナーを下ろした。反り返った肉柱の鈴口から、つっと粘液が垂れた。

屹立をすぼんだ菊口に当てた瞬間、唐沢の鼓動はいっそう乱れた。不潔でアブノーマルな行為などしてみようとも思わなかった。だが、今はどうしても霧子のそこに肉茎を突き刺してみたい。柔らかさを持った霧子のアヌスは屹立さえ受け入れそうだ。

そっと菊蕾に屹立を押しあて、軽く突いてみた。

「ああ……いや……」

霧子は肩ごしに唐沢を見つめた。

その哀しみを帯びたひ弱な目に、唐沢は迷いを捨てた。一気に肉刀を突き刺した。

「んんっ……」

顔をのけぞらせた霧子の首が折れそうだ。

(いい……締まる……俺のペニスを飲みこんだぞ……)

ヴァギナとはちがう収縮の感じに戸惑い、興奮し、感動しながら、恐る恐る抽送した。菊口が抽送の動きに合わせてゴムのように伸びては元に戻っていく。凹凸を繰り返す粘膜は、妖しく淫猥だった。

「こうされるの、初めてじゃないんだな……」

唐沢の声が震えた。

「こたえろ！　何度も経験してるんだな」

口を開かない霧子を見てとった唐沢は片手を前にまわし、秘芯に二本の指をつっこんだ。

妖しく肉襞が絡まってくる。

「こたえないならヴァギナの中をかきまわしてやる。せっかくのいい持ち物が使いものにならなくなるぞ。ひっかきまわしてやる」

「許して！」

秘芯と菊口が同時にすぼまった。

「じゃあ、こたえろ。うしろで何度も男を咥えこんだんだな。そうだろう？」

「はい……」

唐沢の全身が火照った。

「修次の奴か。えっ？」

「どうか……どうかもう……お許しになって……」

「上品な顔をしていながらよくも」

ヴァギナで交接するときのように、唐沢は激しい抽送を始めた。腰を引くとき、アナルの粘膜だけでなく、内臓もそのまま引き出してしまうのではないかと思えるほど強烈な動きだった。

(堪忍して……後生です……)

言葉を出すこともできずに短い呻きを洩らすだけの霧子は、ついに肘を折り、畳に頭を落とした。尻だけが突き出され、揺れている。

(犯してやる。めちゃめちゃになれ！　もっと呻け！)

唐沢の額の汗が霧子の腰に流れ落ちた。

長くは持たず、唐沢はほどなく射精した。そのとき、ザーメンを絞り取るように、菊口が強烈なすぼみを繰り返した。

「うっ……」

唐沢は思わず声をあげた。何が起こったのかすぐにはわからなかった。

(なんだこれは……痙攣してるぞ……なんという締まりだ……まさか……)

ようやく唐沢に事態がのみこめた。霧子はアナルコイタスで絶頂を極めたのだ。愕然とした。

屹立を抜いた唐沢は、がっくりと腰を落とした霧子を抱き上げた。霧子は虚ろな目をしていた。

モウユルシテ……。

小さな唇はそう動いた。

「尻で気をやっておきながら許してだと? 淫乱女め」

顔がこわばりそうになった。肉棒が自分でも驚くほどに一瞬のうちに回復し、雄々しく立ち上がった。

「見ろよ。まだまだやれるぞ」

許しを乞《こ》うように何度も首を振る霧子は小刻みに震えていた。

(そんな顔をしながら本当は俺を誘っているんだろう? いやなら大きな声をあげていたはずだ。もっと抵抗したはずだ)

そう思うほかなかった。だが、霧子はどうみても蹂躙されるだけのか弱い動物でしかない。

「チクショウ! 何なんだよ、おまえは!」

唐沢は帯揚げで霧子に猿轡を嚙ませた。腰紐で最初のようにうしろ手に手首をくくり、仏壇の横の床柱に、立った姿でくくりつけた。

湯文字を剝ぎ取った。霧子は太腿をかたく合わせた。それをこじあけ、性器を露出させ、花びらやクリトリスを咥え、唇で引っ張り、いたぶりつくした。

「うぐ……うぐぐ……」

声をあげながら霧子は腰を振る。

「欲しいのか。催促してるつもりか」

立ち上がった唐沢は秘裂に当てがった肉杭を、子宮に向かってぐいっと一気に突き刺した。

霧子が目を剝いた。

(こいつは凄いぞ……こんなヴァギナは初めてだ……)

指を入れただけではわからなかった微妙な膣襞の感触に、唐沢は早くも精を洩らしそうになった。数の子のような天井。ざらついてはいるが柔らかい。膣襞全体が屹立に吸いついてくる。ねっとりと吸いついて絡まってくる。

(こんな女がいたのか……本当に千恵美と同じ女なのか……?)

感嘆する唐沢は、腰を沈めては子宮口を確かめ、引いては膣襞の感触に身をゆだねた。そして、あまりの妖しさにいくら堪えても長く持たせることはできず、数分でザーメンを噴きこぼした。

肉棒を抜くと、青白い液が女芯からたらっとしたたり、太腿を伝い落ちた。

二度たて続けに精を出し、さすがに唐沢は疲労を感じた。煙草を出し、一服したが、霧子の軀から決して目を離さなかった。見張りのためではなく、目を離すのさえ惜しいのだ。

床柱にくくりつけられた霧子の目尻には涙が滲んでいた。

煙草を揉み消した唐沢は、しばらくは何かを使ってもてあそんでやろうとあたりを見まわした。だが、これといって使えそうなものはない。バイブでもあればと切実に思った。これまで、そんな道具を使うのは下卑た男女か年寄りぐらいなものだと思っていた。

「なあ、どこかにいやらしいオモチャがどっさりあるんじゃないのか？　毎日、修次の奴にもてあそばれてるんだろう？」

口を塞がれている霧子がこたえられないのを承知で聞いた。

「バイブぐらいあるんだろう？　だが、俺はコソ泥の真似なんかしない」

コソ泥のように勝手口から黙って上がり、寝室に聞き耳をたてたことをすっかり忘れていた。

側面の蜜が乾いて投げ出されている二本の蠟燭を取った唐沢は、太腿を閉じようとする霧子の股間に向けて、その秘芯にまずは一本をこじ入れた。

（もう許して……）

悶える霧子にかまわず、二本めも深く挿入すると、それが押し出されないように、両方の白い太腿をきっちり合わせ、伊達締めや腰紐でぐるぐる巻いていった。そんな破廉恥なことを考えつく自分が、唐沢にも意外だった。

玄関のチャイムが鳴った。唐沢はびくりとした。霧子も息をのんだ。

何度もチャイムが鳴った。

（修次さん……？　助けて！　いや、来ないで……）

救われたいと思いながら、一方で、こんな無様《ぶざま》な姿を見られたくないとも思った。

（もしかして修次が戻ってきたのか……）

唐沢もそう思った。いくらまっすぐ帰宅したとしても、まだ早すぎる。だが、唐沢もこんな時間にここにいる以上、決してありえないことではなかった。

チャイムは鳴り続けた。

床柱から逃れるために、霧子はあらがわずにはいられなかった。

自分の手で破廉恥にくくりつけた霧子に目をやった唐沢だったが、解いている暇はない。

玄関の靴を取り、他のところからいっときも早く逃げるしかない。

復讐などとうに忘れている彼は、霧子に対する未練しかなかった。

（チクショウ！　チクショウ！　チクショウ！）

まだまだ霧子といっしょにいたいとうしろ髪を引かれながらも、ついに美しい獲物に背を向けた。

（解いて……）

部屋を出ていく唐沢に、霧子は激しく身をよじった。

亡くなった修一のもっとも親しかった友人阿久津は、さんざんチャイムを鳴らしたあとで玄関のノブに手をかけ、鍵のかかっていないのを知った。

「こんにちは。阿久津です。奥さん、ご在宅ですか」

カタッと裏の方でかすかな音がした。

（在宅だ……）

阿久津はほっとした。仕事関係で近くまできたので、それを口実にやってきた。わざわざ電話をしなかったのは、霧子に気を使われたくなかったのと、霧子を意識しすぎてかけにくかったからだ。

「こんにちは。阿久津です」

そのとき、かすかに表で門扉の開く音がした。阿久津は首をかしげ、玄関から顔を出して外を見た。男がちらりと見えた。道路にいるが、庭を抜け、青柳家から慌てて出ていったようにも見える。サングラスをかけているらしい男はあっという間に消えた。阿久津は胸騒ぎがした。

2

「奥さん！」

聞き耳をたてる。静かだ。

靴を脱いで駆け上がった。居間には誰もいない。荒らされたようすもない。玄関があいていたこともあり、阿久津は霧子が留守をしているとき空き巣が入ったのではないかと思っていた。

青柳家から慌てて立ち去ったような気がした男のことは思いすごしかと思ったが、踵《きびす》を返し、仏壇のある和室に入って息をのんだ。霧子が足袋だけの裸体を床柱にくくりつけられている。

阿久津の脳裏は、一瞬、真っ白になった。

(見ないで……お願い……)

屈辱的な姿を阿久津に見られたショックに、霧子は目を見開いて総身を揺すった。

阿久津には、来ないで、とも、助けて、とももとれた。だが、すぐには動けなかった。いっときも早く解いてやらねばと思うのだが、全裸の霧子に近づくのははばかられる。いつも霧子は控え目だった。着る物にしろ、立ち居振る舞いにしろそうだった。無闇に肌を出すようなことはなかった。それだけに、いきなり目に入った裸体はあまりにも衝撃的だった。

下腹にはあるはずの翳《かげ》りがない。それに気づいたのもしばらくしてからだった。

猿轡をされた霧子は目尻から涙を流しながら、髪を振り乱して首を振った。どれほどの時間そこに立っていたのか、阿久津にはわからなかった。彼の中で時間がとまっていた。はっとして駆け寄り、まず猿轡をはずしてやった。

「いやいや。見ないで。ああ……いや」

屈辱に霧子は身をよじった。

次に床柱からはずし、手首のいましめを解いた。霧子は胸を隠し、畳に崩れ落ちた。まだ太腿には伊達締めや腰紐がぐるぐると乱雑にまかれている。屈《かが》んでそれを解こうとすると、霧子は、いやっ、と背を向け、身を庇った。

放り投げてある着物を取って肩にかけてやり、太腿にまわった紐を解いてやろうとしたが、霧子は激しく拒んだ。

「もう大丈夫だ。気を落ち着けて。それを解かないと」

きっちりと太腿を縛った紐は、見ただけでも容易にはずれそうにない。

「いや！　出ていって！」

「奥さん！」

激しいショックを受けて尋常ではないのだと、阿久津は大きな声で叱《しか》りつけ、抵抗しようとする霧子をなかば押さえつけながら太腿の紐を解いていった。霧子は片手で秘園を隠し、もう一方の手で激しく抵抗した。

紐が解かれたとき、霧子は両方の足をしっかり閉じたまま阿久津に背を向け、羽織ってい
る着物で身をくるんだ。

「大丈夫だ、奥さん。もう誰もいない」

飛び出すほど高鳴っている鼓動と裏腹に、安心させるため、ゆったりと穏やかな口調で言
った。

「恥ずかしい……死にたい……」

霧子が嗚咽した。

「ばかな……そんなことを言ったら修一が哀しむでしょう……そうだ、警察に」

大事なことを忘れていたと阿久津は焦った。

「やめて！」

「なぜ……」

「何をされたかご存じ？　あなたはわたしがどういう姿でくくられていたかをお話しになる
の……？　後生です……おかけにならないで」

すがるような霧子だ。

「しかし……」

「死にます。お電話をおかけになるなら」

その目はぞっとするほど真剣だった。

「わかりました……そのかわり、悪い夢だったと思って忘れるんです。約束してくれますね」

「約束します。ですから、出ておいきになって……お願い」

死ぬなどという言葉を一度でも聞いたからには、目を離すわけにはいかない。阿久津はうしろから着物ごしに肩を抱き、立ち上がらせようとした。霧子はあらがった。阿久津は有無を言わせず、力ずくで抱え上げようとした。いっそう激しく霧子があらがった。

「今はひとりにしておくわけにはいかない。さあ、いこう」

両肩を抱いて立ち上がらせ、ぐいと霧子の軀を引くと、股間からポトッと何かが落ちた。蜜液にぐっしょり濡れた二本の蠟燭だった。

（いやいや……こんなこと……）

知られたくない辱めだっただけに、霧子は奈落の底に突き落とされたようだった。嗚咽が広がった。

阿久津は汗ばんだ。埋められた股間の蠟燭を知られないための抵抗だったとようやく気づいたものの、いまさら遅い。

霧子の動揺以上に阿久津も困惑していた。そんな破廉恥なことをした男だけに、翳りもその男に剃られてしまったのではないかとふっと思った。

(このままでは一生俺はこの人に会えなくなる。こんな屈辱を知られたこの人は、決して俺と顔を合わせようとはしないだろう。俺だって、ノコノコ会いに来るわけにはいかなくなる。たとえ来月の修一の四十九日であろうと、一周忌であろうと……)

そんなことが脳裏をよぎり、阿久津はある決心をかためた。

できるなら彼は霧子といっしょになりたいと思っていた。妻とひとりの子供がいるが、二年ほど前から妻に別の男がいるらしいことを感じている。子供さえその男との間にできたのではないかと疑うようになった。

これといった大きな喧嘩もしたことはないが、だからといって、喧嘩ばかりしている夫婦より仲がいいのかというと、決してそんなことは言えない。

阿久津が何も知らない振りをし、妻を責めないのは、修一に霧子を紹介されてから、その美しさと不思議な魅力に惹《ひ》かれ、精神的な不倫をしている負い目があったからだ。妻はそんな夫を敏感に感じ取り、だからこそ、ほかの男に心を移したのかもしれないとさえ思うことがあった。

彼は霧子が義理の弟と暮らしているのをまだ知らない。十日ほど前電話したとき、たまたま修次が出たが、義姉との仲を疑ってみようとさえ思わなかった。

(一生会えなくなるくらいなら……それに、一周忌が過ぎたら話すつもりだったんだ……どうなろうと、このまま引き下がって後悔し続けるよりはましだ)

「軽蔑していらっしゃるのね……こんな辱めを受けたことを知られてしまったんですもの……早く出ておいきになって……後生です」

じっと自分を見つめている阿久津に、霧子は耐えられなくなった。

「軽蔑？　なぜ……。辱め？　それがどうしたんです。どんなことがあってもあなたはきれいだ。あなたと知り合ってから、僕はすっかり虜になってしまった。この三年、虜になっていたんですよ……」

阿久津は崩れそうになる霧子を支え、すっかり紅のとれた唇を塞いだ。霧子は首を振って逃れようとした。かまわずにぐいっと背中を抱き寄せ、ますます強く唇を押しあてた。がむしゃらに吸った。

最初こそ抵抗していた霧子だったが、やがてあきらめたのか力を抜いた。それでもこたえてこようとはせず、一方的に吸われているだけだった。

顔を離した阿久津は、仏壇の修一の写真をちらりと見た。

(この人はまだ若い。一生、未亡人のままでいろとは言わないだろう？　俺に面倒見させてくれ。こんな不幸なことがあったんだ。そこに来あわせた以上……これも何かの巡りあわせかもしれん……なァ、修一……）

許してくれと、内心、修一に詫《わ》びながら、

「妻子と別れてあなたといっしょになりたい……」

きっぱりと言った。

小さな唇がわずかに開き、かすかに震えた。霧子は首を振った。

「だめ……できません……」

「妻には別の男がいるんです。だから……」

苦痛に満ちた目が阿久津を見つめた。

「一生ひとりで暮らしていくつもりですか。まだこんなことを言うのが酷なことはわかっています……でも……」

「お帰りになって……お願いです……もういらっしゃらないで……わたしのことを哀れとお思いなら……」

潤んだ目から、みるみるうちに大粒の涙がこぼれた。

（一生会えなくなるくらいなら、憎まれた方がいい……）

容易に出た結論だった。

「力ずくでも抱きます。訴えるなりどうなりしてください」

霧子を倒した。肩に羽織った着物が、そのまま霧子の敷物になった。

あらがいを封じ、軀を重ねた。

「いや……わたしは修次さんと……修次さんと暮らしています……毎日同じベッドで休んでいます……もう他人ではないんです」

突拍子もない言葉に、阿久津は驚きより滑稽さを感じた。

「そんな嘘を信じて僕があきらめるとでも思ってるんですか。何を言っても無駄です」

細い肩先を押さえつけ、居直ったためのわずかな余裕で、霧子をじっと見おろした。

怯えている。目も口も首筋も……。細胞のひとつひとつさえ怯えきっているようだ。か弱い霧子を守り、やさしく包んでやりたいと思うのと裏腹に、なぜか残虐な気持が湧いてくる。

息ができなくなるまで抱きしめ、そのまま殺してしまいたくなる。

(殺してやりたい……めちゃめちゃにしてしまいたくなる……どうしてだ……)

霧子の頰に自分の頰をすりつけ、あとは瞼や耳たぶ、首筋と、唾液が濡れ光るほど舐めまわした。

霧子はすすり泣いていた。

さっきの男が肌をなぞったあとが、赤い数個のキスマークとなって乳房についている。それとはちがう数個の赤い痕を右の乳房に見た阿久津は、ぎょっとした。

「これは……どうしたんです」

「争ったとき蠟燭が倒れて……蠟が……」

なぜそんなことを言ったのか、霧子にもよくわからなかった。

（もう少し早くあの男に気づいていれば……そうすれば痛めつけてやれたんだ……）

白く繊細な皮膚には細い血管が透け、処女地のようにさえ見える。それだけに、火傷の痕はいっそう痛々しかった。聖地に土足で踏み入って容赦なく汚していった下劣な男を恨みながら、これまでに見たこともないきれいな曲線に阿久津は唇を這わせていった。

「いや……もういや……」

無抵抗の霧子がきれぎれに呟いた。

ふたたび抵抗が始まる前にと、阿久津は愛撫はほどほどにしてひとつになろうと考えた。

秘裂に顔を移し、二枚の柔肉をくつろげた。

「やめて……だめ……」

かすかに腰をくねらせ、霧子は阿久津の行為を拒もうとした。それにかまわず、顔がくっつくほど近づけ、あわいめを見つめた。男にいじられたせいで花びらが充血し、膨らんでいる。

秘芯からこぼれる精液の残滓《ざんし》に、男への憎悪がつのった。それにしても霧子の器官は美しい。包皮から顔を出している肉の豆は宝石のように輝いている。小粒だが極上の宝石だ。

阿久津は世界でたったひとつの宝石を口に含んでもてあそんだ。

「くうっ！」

仔犬のような声をあげ、霧子が打ち震えた。トクットクッと肉芽が脈打っている。それを舌先ではっきりと確かめながら、生きている果実に驚嘆した。

霧子の足元で素早く服を脱いだ阿久津は、勇ましく立ち上がっている肉茎を秘孔にあて、蜜液と男の精液で濡れた媚芯に突き立てた。

破廉恥に二本もの蠟燭を挿入されたままくくられていたにも拘《かかわ》らず、すでに妖道はきつく締まり、阿久津の侵入を拒もうとする。それほど柔らかい肉襞を持っているというのに、信じがたいほどきつく締めつけてきた。

一気に奥まで辿り着くつもりが、ゆっくりとしか子宮壺まで挿入することができなかった。そこに辿り着いただけで不覚にも精をこぼしそうになり、阿久津は慌てた。

ほつれ毛をかきあげ、目尻の涙を指先で拭いてやりながら、霧子を自分だけのものにしたいとこれまでにもまして強く思った。

「修次さんがもうすぐ……お願い。お帰りになって。お願い……」

心ならずも阿久津に抱かれることになってしまったが、それを修次に知られ、ふたりを気まずい仲にしたくはなかった。

「彼がやって来たら、これからのあなたとのことを話すだけだ」

阿久津は抽送を開始した。

(俺の精液を子宮深くまき散らしてやる。俺の印を刻みつけてやる。あなたのためなら何でもする。だから……)

淡いブルーの小紋の着物に白いつややかな軀を横たえている霧子は神々《こうごう》しくさえあった。阿久津が腰を動かすたびに神聖な霧子が揺れる。今にも壊れてしまいそうだ。

いつしかあたりは薄暗くなっていた。

一度果てた阿久津は、すぐに霧子の女壺の中で回復した。学生時代はそういうこともあったが、最近では珍しいことだ。あまりにも短時間で回復したことに阿久津は驚いた。魅惑的な霧子のせいだ。霧子は、眠っている力だけでなく、失われた力さえ呼び戻すことができるのかもしれない。

ひとつになったまま手を伸ばし、明りをつけた。周囲が一瞬にして光を取り戻して輝いた。

「つけないで」

霧子があらがいはじめた。阿久津を押し退けようと躍起になっている。

「修次さんが……ほんとうに修次さんが……」

これまで積極的でないにしろ、されるままになっていた霧子のあらがいに、阿久津は柄にもなく苛立った。霧子の足を肩にかけ、激しく突いた。

「ああう！　いや！　ヒッ！」

深すぎる結合に霧子は声をあげた。霧子が声をあげるほどに、阿久津は獣になっていく自分を感じた。破廉恥に床柱に霧子をくくりつけたのは自分であったような錯覚にさえ陥っていく。

（あれは俺だ。俺がやったことだ。そうだ、俺が……）

阿久津は霧子の子宮を抉《えぐ》っているような残忍な感覚で抽送した。

ふいに襖があいた。

「やめろ！」

修次の声と同時に阿久津は背中をつかまれ、霧子から引き離された。

「こんなことをするとは犬畜生め！　信じていたんだ。兄貴に恥ずかしいとは思わないのか！」

肩で息する修次の怒りの凄まじさに、阿久津は気圧《けお》されそうになった。

「女房と別れて一生この人の面倒を見る。そう決めたから抱いた」

居直って阿久津は返した。

修次の拳が阿久津の顔面を直撃した。裸の阿久津がのけぞった。

「やめて！」

にじりよった霧子が修次の足元にすがりついた。

「服を着たらさっさと帰れ！　二度と来るな！　兄貴が泣いてるぞ。友人代表か。フン、お笑い草だ。チクショウ！」

憎々しげに阿久津を睨んだ修次は、小紋の着物をとりあげ、霧子の背にかけて部屋を出た。

ベッドに霧子を寝かせた修次は、乳房の赤黒い斑点に唇を噛んだ。照明を落としているので、まだ火傷の痕には気づかなかった。

「あいつはいやがる霧子を抱いたんだな？　かわいそうに……」

乳房を掌で包んだ。

哀しげな目をして霧子は黙りこくっていた。耐えているようにも、何かを考えているようにも見えた。

「どうして俺とのことを言わなかった？　まさか、俺を裏切ったんじゃないだろうな……俺よりあいつの方がよくて」

疑いはすぐに言葉になった。だが、絶望のあとで、霧子がいやがる声をあげていたことを思い出した。

「あの方が悪いんじゃありません……お責めにならないで」

「妻子がありながら霧子を力ずくで抱いたんだ。それも、兄貴の写真の前で」

憎い男を庇う霧子に苛立ち、思わず声を荒らげた。

「あいつめ、このまま帰すものか」

修次は怒りの形相で踵を返した。

「あなたは、通夜の日にわたしをお抱きになったわ……力ずくでお抱きになったわ」

ドアに向かう修次に、霧子がきれぎれに呟いた。

立ちどまった修次が振り返った。

「きょうのあいつと同じだと言うのか……そうなのか……俺はあいつと同じなのか……いやいやながら毎日抱かれていたのか……」

やはりそうなのか……と、底無しの穴に落下していくようだった。

霧子はこたえなかった。

ベッドに引き返した修次は霧子の肩を揺さぶった。

「おまえはいたぶられるほど感じる女なんだ。犯されていつもより感じたんだろう。俺に心を許したふりをしながら、平気でほかの男に抱かれたんだ。初めてじゃないだろう。兄貴がいなくなって、俺に隠れて何人の男に抱かれた。言え！」

阿久津に抱かれたことより、霧子の自分への愛が不安で、理不尽に責めたてた。肩を揺するたびに霧子の頭がぐらぐら揺れた。

「やめろ！」

慌ただしく服を着こんだとわかる阿久津が飛びこんできた。

「なぜこの人を責める」

「勝手に寝室に入ってくるとはなんだ！」

「きみも同じことだろう」

「ここは俺と霧子の寝室だ。いいか、俺は霧子といっしょになる。ずっといっしょに暮らしているんだ。とうに他人じゃないんだ」

「まさか……」

阿久津の驚愕が手に取るようにわかった。

「言わなかったのか。俺とのこと、どうして言わなかった！」

また修次は霧子の肩を乱暴に揺すった。

（ほんとうだったのか……あれは嘘じゃなかったのか……ほんとうに義弟と……）

霧子の口から出た言葉を、今また修次から聞かされては、阿久津も信じるしかない。

修次は霧子を揺すり続けていた。

「やめろ。聞いた……聞いたんだ……だが……」

「なにィ！」

振り返った修次は阿久津を睨みつけた。

「聞いていながらどうして抱いた！」

血相変えて阿久津の胸座《むなぐら》をつかんだ修次に、霧子が割って入ろうとした。

「おやめになって。お願い。阿久津さんはわたしの恥ずかしい姿をご覧になって……助けてくださったんです」

「どういうことだ」

胸座をつかんだまま、修次は霧子を見つめた。

「言うんじゃない。僕が力ずくであなたを抱いただけだ」

「何があった！　何を隠そうとしてるんだ！」

ふたりの秘密の匂いに修次は苛立った。

「何も隠したりしていない。何があったかは見てわかったはずだ」

あんな辱めを霧子に語らせるのは残酷すぎる。あの場で事実を知ってしまった自分だけでたくさんだと阿久津は思った。

「朝までかけてゆっくり聞いてやる。覚悟しろよ、霧子」

射竦《いすく》められた霧子は喉を鳴らした。

「この人に少しでも乱暴なことをしたら許さないからな。きみがいやがるこの人の気持を無視しているのなら、黙って引き下がるわけにはいかない」

「力で屈服させて抱いたのはあんただろう」

ふたりの男の目が激しくぶつかりあった。

ベッドの縁に身をあずけ、霧子がすすり泣いた。

「わたしのために争うのはおやめになって……見知らぬ人に上がりこまれて……」

「やめろ！　言うんじゃない！」

阿久津が遮った。

「話せ！」

すかさず修次が怒鳴った。

「見知らぬ人に辱めを受けたんです……阿久津さんがいらっしゃって、それでその人は裏から逃げていきました……」

全身の力が抜けていくようだった。胸から手を放した修次は、すすり泣く霧子を呆然と見おろした。

（別の男も霧子を……俺だけの宝をふたりもの男が……）

慈《いつく》しんできた霧子を、短い間にふたりもの男に無惨に踏みしだかれたのだ。

「男を追いもせず、警察にも知らせず、これ幸いと霧子を抱いたのか。えっ？恥ずかしいと思わないのか！」

憎悪に震える修次は、ふたたび阿久津の胸座をつかむと、壁に後頭部をガンと打ちつけた。

霧子の悲鳴があがった。

「やめて！　わたしが阿久津さんを引きとめたんです。わたしが……」

根掘り葉掘り聞かれるのが耐えがたかったのだと霧子は言った。いっときも早く忘れたかったのだとも言った。言いながら、修次を阿久津から引き離そうと、か弱い力で躍起になって引っ張った。

「出ていけ！　二度と顔を出すな！」

ドアに向かってぐいと阿久津を押した。

「きょうは帰る。だが、あきらめたわけじゃないぞ。いつかこの人のほんとうの気持を聞く。それに従うのが道理というものだろう？　決して不幸にはさせない」

毅然《きぜん》とした口調で修次に言ったあと、阿久津は霧子を見つめた。

「落ち着いたらまた来ます。会いたくないなら電話でもいい。もう一度気持を確かめたい」

阿久津は寝室から出ていった。

消えた阿久津に向かって、修次はかたく拳を握りしめた。

「死にたい……死んでしまいたい……殺して修次さん……」

理不尽に霧子を責めたことが修次を後悔させた。

「そんなこと言わないでくれ……俺が悪かった……もっと大事にする……きょうのことはもう言わない。俺といっしょに暮らすのはいやか？　頼む、こたえてくれ……」

抱きしめると、霧子は修次にしがみつき、子供のようにしゃくった。修次はそれだけで、霧子を信じたくなった。

「これからは、誰が来てもドアをあけるな。いいな？」

ふたりに何をされたか聞きたいのをかろうじて抑え、修次は濡れた霧子の瞼に口づけた。

「シャワーを浴びるぞ。洗ってやる。全部きれいにしてやる」

修次は風呂場まで霧子を抱いていった。

3

照明を落とした部屋で、唐沢は千恵美との営みの最中だった。だが、あれほど千恵美が戻ってきたことを驚喜したというのに、たったふた月余りで千恵美への情熱をなくそうとしていた。男を奮い立たせようとしても、霧子の姿がちらついてしまう。

相変わらず千恵美が明るい照明を嫌うので、明りを落としている。千恵美への思いが薄れている今、それは好都合だった。相手をしているのは霧子なのだと言い聞かせながら、千恵美を抱く。

最初のうちはそれで何とか行為ができた。だが、いくら暗くても、やはり声はちがう。肌もちがう。ひとつになればなおさら霧子とのちがいがはっきりした。霧子の女壺のあたたかさと、うしろのすぼまりの妖しい感触は忘れることができない。あの感触を知った男は、誰もがほかの女への情熱を失ってしまうだろう。

ゆっくりした抽送を途中でやめ、じっと動かなくなった唐沢に、千恵美は怪訝な顔をした。

「バックからしていいだろう？」

薄暗いので微妙な表情はわからないはずだが、行為の最中にほかの女のことを考えているなどと知ったら、千恵美はどうするだろう。

「このままがいい……」

ためらいのあと千恵美は小さな声で言った。

「もっと楽しまなくちゃ。そうだろう？　いろんな体位があるんだ。うつぶせになれよ」

「うしろからはいや……だって……動物みたいで……」

「人間だって動物じゃないか。うつぶせになれよ」

千恵美が再度拒否したとき、唐沢は剛直を抜き、力ずくでうつぶせにした。ホテルで修次からかつてない辱めを受け、亡霊のような表情でマンションにやってきたときから、ずっと千恵美の気持を尊重してきた。だが、今夜はちがう。

意外な唐沢の行動に千恵美はもがき、軀を起こそうとした。

「たまには俺の言うことも聞けよ。一生こんなことじゃ虚しいじゃないか」

尻にでんと腰をおろし、千恵美の動きを封じた。

両手で空をかくようにして千恵美が暴れた。

「もっとオープンにしよう。もっと楽しみたい。そう思わないか」

アブノーマルな妖しい性を知ってしまった唐沢には、正常位か、それに毛の生えた程度の体位など味も素っ気もなかった。霧子が相手なら、それもまたひと味ちがった営みになるのかもしれないが……。

あらがう千恵美の腰を押さえておき、尻から大腿の方へ腰をずらす。千恵美のきゅっと持ちあがった臀部は人並み以上に形がいい。だが、どうしても霧子とちがう。薄暗い中でさえ、霧子の臀部は妖しい色を放ちながら浮かびあがるだろう。

（青柳霧子……俺は霧子のアヌスにこいつを突き刺した……そして、そこで射精した……うしろでもちゃんとできるんだ……）

そんなことを考えながら、無意識のうちに両手で千恵美の双丘の狭間をひらいた。

「いやっ！」

いちだんと高い千恵美の拒絶の声がした。

「こんなに暗いんじゃ見えやしないさ」

菊蕾に触れてみた。

「ヒッ！　やめて！」

すぼまりは堅い。千恵美が嫌悪感から力を入れているためだけではない。普通の女なのだ。それに比べ、霧子は千恵美とはちがう軀を持った異人種なのだという気がした。

唾《つば》をつけた指を菊口につけ、ねじるようにして挿入を試みた。

「い、痛っ！」

尻が持ち上がった。

（指も入らないようじゃ、ペニスが入るわけないよな……まちがいなく裂ける……）

痛がっていることより、霧子にしたことを千恵美にはできないのだということの方が唐沢には問題だった。落胆した。

千恵美は指を払おうと尻を振った。

ゆっくり愛撫してやる気力もなくなり、肉棒ですぼまりの下方の柔肉を探り、花びらに囲まれたくぼみに挿入した。まだあまり濡れておらず、千恵美はまたも悲鳴をあげた。

「リラックスしろよ」

手をついて上半身を起こそうとする千恵美に、ぐいっと渾身《こんしん》の力をこめて肉柱を沈めた。

ようやく立てた腕もその拍子に折れ、千恵美は半身をシーツに沈めた。

(何だよ、乾いてるじゃないか……)

挿入したものの抽送は困難だ。無理に動かすのは可能だろうが、粘膜を傷つけるかもしれない。やむなく、挿入したままの姿勢でストップし、指で肉芽を愛撫した。なかば力ずくということもあり、千恵美は、痛い、を連発するだけだった。

屹立を抜き、ひっくり返した。秘園に顔を埋める。乾いた女芯に唇をあてた瞬間、千恵美はさっと起き上がって逃げた。

「おんなじ。あの人とおんなじじゃない。破廉恥なただの男だわ」

「破廉恥？　いまさらプラトニックラブを提唱するわけじゃないだろう？」

唐沢は鼻先で笑った。

「ケダモノみたいなセックスがいやなの。わかってるくせに」

二、三メートル離れたところでふたりは睨みあっていた。

「どこがケダモノだ。誰だってやってるんだ。人によってはアナルセックスだってな」

信じられない言葉に千恵美は喉を鳴らした。

「変態！」

おぞましいものを見る目で唐沢を見つめた。

「世の中には変態なんていないんだ。最初は千恵美のいいなりでもよかっただろうが、修次の奴だって堪忍袋の緒が切れたんだ」

霧子を犯して虜になってしまったことなど言えるはずもなく、唐沢は修次の名前まで出して非難した。

「ひどい……」

千恵美が嗚咽した。

壁ぎわで軀を丸めこんで泣いている千恵美を無視して、唐沢は服を着た。

千恵美をそのままに、唐沢は霧子の家に向かった。

青柳家に着いたのは十一時近かった。明りが消えている。

門扉は閉まっていた。

あたりに人影がないのを確かめ、飛び越えた。

最初の日にあいていた勝手口は、今夜は鍵がかかっている。唐沢は舌打ちした。何とか忍びこみ、霧子を見たい。声を聞きたい……。屋敷を一周しながら、どこからか入りこむ場所がないかと探った。ガラス窓を叩き割る寸前にかろうじてとどまった。

(チクショウ！　いるんだろう？　修次の奴に抱かれてるのか。あんな奴に触らせるな。俺のものだ。俺が抱くんだ)

霧子の軀や喘ぎを思い出しながら、唐沢はそこに立って肉柱をしごきはじめた。

やがて、壁に向かって精液が飛び散った。薄闇の中で青白く光りながら、とろりとしたたり落ちていった。

部屋に戻ると千恵美の姿はなかった。当然といえば当然だ。だが、そう気にもならなかった。

(霧子……)

妖艶な姿を浮かべながら、また唐沢は自慰にふけった。

(もういちどこいつを突き刺したい。ヴァギナにもアヌスにも。ああ、思いきりいたぶりたい。あのすべすべの肌……あの声……)

鼻から熱い息を吐いた。

「声をあげろ！　屈服しろ！　いけ！　ううっ！」

霧子を犯している妄想の中で、唐沢はまた果てた。激しい疲労に襲われた。

第四章　ふたりだけの肉欲の館

1

青柳家の財産がどのくらいあるかわかっている。父親の存命中に修次が分けてもらった財産や、購入したマンション、貯蓄してきた分を合わせると、ある程度の額になる。東京の外れだが、祖父の時代からのアパートもある。汗水流して稼ぐこともないと思えた。

霧子をふたたび他人の手で汚されないためにと、修一の四十九日が過ぎてから、修次は退職願いを出した。そして、新しい住処《すみか》に霧子とふたりで移った。

コンクリート造りの小さな洋館に照りつける夏の日差しは強い。だが、周囲の緑が光を吸収し、乾いた風を運んでくる。

地下一階、地上二階、屋上にはテーブルと椅子でも置いてビアガーデンにでもしたくなる。

なぜこんなところに……と首を捻《ひね》りたくなる辺鄙《へんぴ》な場所にあった。小高い丘の南に面した傾斜地に建つこの建物は、一見冷やかに見えるが、隠れ家にはもってこいに思われた。そこに一軒だけぽつんと建っていながら、誰もがすっと通り過ぎていくような、そんなコンクリート剝き出しのこぢんまりした建物だ。場所も気に入り、すぐにそれを買った。

このやや風変わりな洋館が、都会では信じられない安価で修次のものになった。ある土地成金が慣れぬ事業を始めて失敗し、借金をかかえて蒸発した。その男の持ち物だったらしい。修次の望んでいたほかから隔離されたふたりだけの生活がスタートし、屋敷は妖しいシェルターになった。

道に面した一階は車庫になっている。車庫の横が玄関になっているがほとんど使わない。たまに買物に出る以外は外出することもない。車庫の奥にはキッチンと風呂があった。床は白っぽい人工大理石だ。

二階はリビングと寝室。焦茶色のフローリングが施されている。二階から小さな白い螺《ら》旋《せん》階段をのぼって屋上に出られるようになっていた。

地下室はキッチン横の広い納戸から出入りするようになっている。階段が延びており、出入りしないときは床として閉じておくことができる。おそらく倉庫のつもりだろう。八畳ほどの広さはあった。

食料は一週間分、霧子に言われたものを修次が車で街まで買いにいく。霧子をできるだけ人前に出したくないというのが修次の望みだ。霧子もあまり人前に出たがらない。

陰部の毛を抜くようになって、霧子はいつも子供のような下腹をしていた。腋《わき》の柔らかな若草を抜くのも修次の楽しみのひとつだ。だが、見慣れてしまったつるつるの恥丘が物足りなくなり、久しぶりにもとどおりになるのを待っている。

最初のうちは翳りのない陰部を恥ずかしがっていた霧子は、今では伸びてくる黒いものを恥じらっていた。修次は修一の初七日から抜きつづけているのだ。

「伸びきるまでにどのくらいかかるんだろうな」

修次は二ミリほどになった恥毛を撫でた。

「こんなの……いや……」

「チクチクするな」

修次が笑った。

「きれいにして……」

「兄貴に剃られて生えてくるときもそう言ったのか」

修一が霧子のそこを剃毛《ていもう》したことがあるのは、とうにわかっている。

「チクチクするから……もう恥ずかしいことはしないでくださいと……そう……言いました

「……」

こんな仲になっていながら、霧子はいつも初めて抱かれるときのような恥じらいをみせた。霧子がふたつ年上だということなど修次はとうに忘れていた。

「伸びきってもチクチクするのか」

仰向きにした霧子の表情を窺った。

「知りません……」

霧子は目をそらした。

「ずっとチクチクじゃあ困るな。霧子もいやだろう？　でも激しく抱けば、そのうち摩耗《まもう》して毛先も丸くなるかもしれないな」

愛しい女の恥じらいの表情を修次は楽しんだ。

「もう少し伸びたら……焼いてください……でないとチクチクして……いや……」

伸びてきた陰毛の先を修一が煙草の火で焼いていたと聞き、修次はふたりの過去に久しぶりに嫉妬した。

早く霧子の恥毛が伸びないかと待つ日々が始まった。

五ミリほどの黒い性毛が生えたとき、修次は煙草を用意した。

全裸の軀をベッドに横たえた霧子の腰の下に、厚いクッションを差しこむ。それでも物足りず、もう一枚差しこんだ。

天井を向いた秘所に、霧子の頬がうっすら染まった。

「脚を開け。大きくだぞ」

膝をかたく合わせていた霧子が、ためらいがちにわずかに脚を広げた。肩幅ほど開いた足首は、それ以上霧子の意志では広がりそうにない。

膝に手を置いた修次は、ぐいっと膝を引き離した。

「あぅ……」

秘園が破廉恥にぱっくりと口をあけた。

反射的に霧子はもとに戻そうとした。

ぐいっと膝を押し広げたまま、修次は自分だけの秘密の花園をいつものように観察した。毎日、新鮮だ。見飽きない。見つめているだけで霧子はじわりと蜜液を溢れさせてくる。女芯に口をつけ、舌で蜜を掬うと、半端な翳りを載せた腰が波のようにくねった。

煙草に火をつけて一服した。しばらくやめていただけに内臓に染みわたる。

(ついに焼けるぞ。一本一本丸くかわいくしてやるからな)

気持が弾んだ。だが、いざ毛先に煙草を近づけると、繊細すぎる皮膚を焼いてしまうのではないかと不安になった。もう少し伸びてからの方がいいかと、煙草を挟んだ指をとめて迷った。

煙草の匂いも霧子の美しさには不似合いだ。霧子の大切な部分が煙草の匂いにまみれると思うと、溜息《ためいき》さえつきたくなる。

(何を考えてらっしゃるの……恥ずかしいみっともないものをご覧になりながら……)

わずかに首を傾けて、霧子は修次を見つめた。

「やめた」

顔を上げた修次は煙草の火を揉み消した。

「これから出かける。そのままでいろ。俺が戻ってくるまでだぞ。いいな」

怪訝な顔をした霧子は、修次が立ち上がると脚を閉じ、半身を起こした。

「動くなと言ったはずだぞ」

慌てて霧子は半身を沈めた。

いつも霧子に対する仕置の材料を探している修次は、霧子にあれこれ命じる一方で、言いつけに背くことを秘かに待っていた。

(仕置ができるぞ……)

修次はほくそえんだ。

「じっとしています……このまま……」

　自分から霧子は破廉恥なまでに大きく太腿を割った。秘貝の縁から光る粘液がつっとこぼれた。

「俺が戻ってくるまで、あちこち歩きまわれないようにしておくぞ」

「じっとしています。許して……」

　霧子は拘束されたいと思っているにちがいない。だが、いつも哀れみを乞う声を出し、修次に救いを求めた。

　まずは両手をひとつにしてベッドヘッドにくくりつけ、脚は左右に開いてとめた。餅のようにすべすべした裸体は人の字になった。

「どこにいらっしゃるの……わたしをこんなにしたままどこに……」

　これまでくくられたまま置いていかれることなどなかったので、霧子の不安は大きかった。

「街まで行ってくる。欲しいものが手に入らなかったら、もっと遠くまで行くことになる」

「いや、放して。こんなにしたまま行かないで」

　一時間や二時間では戻ってこないかもしれないと知ると、霧子は焦り、身をよじった。いつにない激しさでロープを解こうと躍起になっている。

　すでに縛りのコツをつかんだ修次の緊縛から、か弱い霧子が逃れられるはずがない。霧子は泣きそうな顔をしていた。

「オシッコが困るな。赤ん坊になれ。恥ずかしいことはないぞ」

くねる腰の下にビニールシートとぶ厚いバスタオルを敷いた。

「いやいや。いや」

手首と足首だけでなく、頭も乳房も腰も、霧子の全身が救いを求めて動いていた。しばらくそんな霧子を見ていたかったが、修次はきっぱりと背を向け、寝室を出た。

修次が戻ってきたのは、家を出て二時間ほどたったころだった。必死で香を探しまわっていたのだ。仏壇、仏具の店にはほとんど抹香臭い線香しかなく、香りを楽しむための香を手にするには時間がかかった。

修次は日本人が昔からもっとも愛した質のいい伽羅《きゃら》の線香を手に入れると、乱暴ともいえる運転をしながら猛スピードで帰途についたのだ。

汗を流し、ハアハア息をしながら入ってきた修次に、くくられた霧子が頭を浮かした。

「あったぞ」

包装紙を破り、細長い十センチほどの桐箱をあけた。伽羅の香りがこぼれた。桐箱を霧子の鼻先に近づけた。

「いい匂いだろう?」

伽羅の漂う空気を吸った霧子はうっとりと目を閉じた。

二時間前の格好をさせるため、腰の下に厚いクッションを二枚差し入れた。気持が昂っているため、伽羅の線香に火をつけるとき指先が震えた。白い煙がたちのぼっていく。桐箱をあけたときと同じ、気品ある香りが空気を染め変えていった。

「霧子の毛を煙草などで焼くわけにはいかない。霧子にはこの香りが似合う。一本ずつこれで焼いてやるからな」

この伽羅に比べ、煙草の太さと匂いは、なんとやぼったいものだったか。たった一本の霧子の性毛さえ煙草で焼かなかったことに、修次はほっとしていた。

「わたしのために香を探してきてくださるなんて……恥ずかしいものの始末のためにわざわざ探してきていただけるなんて……」

霧子は、恥ずかしいもの、と言うとき、顔を赤らめた。修次はますます興奮した。

いまは亡き修次の母は、ときおり和室を閉め切って香を聞くのが楽しみだった。子供だった修次は香の匂いは陰気くさい気がして馴染《なじ》めなかったが、こうして久しぶりに聞いてみると、この場にもっともふさわしい高貴な香りに思えた。

恥丘の恥毛から始末しはじめる。チッ……と、あるかなしかの音をたてて、香の小さな火が霧子の短い翳りの先を焼いた。焼かれた毛先は、藁《わら》の先についた線香花火の黒い玉のようにかすかに膨らんでいる。触ると膨らみは取れた。

線香を持って熱心に一本ずつ焼いていきながら、妖しいこの空間を霧子とふたりで共有していることに修次は感動した。

性毛を焼くとき、タンパク質の鼻をつく臭いが漂うのではないかと思っていたが、ほとんど気にならない。伽羅の香りが勝っていた。

数十本というより、もしかして百本ほどの恥毛の先を始末したかもしれないとき、線香を一本使い果たした。

二本めをつける前に柔肉のくぼみを指でくつろげてみた。ピンクのデリケートな粘膜はすっかり蜜で濡れ光っている。堪えきれずにぺろりと舐めた。すぐさま次の蜜液がじわりと湧きあがってきた。

「あん……修次さん……」

「欲しいんだろう？　待ちきれないんだな」

待ちきれないのは自分の方なのだと、修次は内心苦笑した。

軀を疼かせている霧子がわかる。ここは何とか焦《じ》らさなくてはならない。味わっている途中の蜜液をあきらめ、香を取った。

「修次さんのもの、ください。二時間も私を放って出ておいきになって、今度は……」

恨めしげに修次に訴えてきた。

「終わってからだ」

怒張を持て余しながらも、修次は素っ気なく言った。

「まだだめならお口で……して」

修次はこれ以上霧子を焦らしているわけにはいかなくなった。上品な唇から出てきた言葉に修次は完全に自制心を失った。

クッションで持ち上がった柔肉の合わせめを左右に大きくくつろげた。それといっしょに二枚の花びらも左右に開き、ぷちっとした肉芽がとろりとした蜜をかぶって花園の中心で震えているのが見えた。秘口も割り開かれ、美しいピンクの粘膜は修次の肉棒を待ちわびるように濡れ光っていた。

（刺したい……）

勃起が痛い。秘裂に今すぐ挿入したいのを堪え、尖らせた舌を差しこんだ。膣襞を舐めまわし、出し入れした。

蜜を噴きこぼしながら、あたたかくやさしい粘膜がじんわりと吸いつくように舌先を包みこんでくる。舐めているつもりが、実は舐めまわされている自分に気づいた。まるで口のようだ。溢れる蜜は唾液、女壺は口ではないかと錯覚しそうになる。

「くうっ……はあぁ……」

霧子の腰がくねりはじめた。クッションで持ち上がっていた秘園が、さらにくいっと高く突き出された。

〈早く食べて。早く……〉

そう誘っているようだ。

伸びきった真っ白い鼠蹊部もうまそうだ。絹のような薄い皮膚を唇をつけてなぞっていくと、くすぐったさを伴った快感に耐えきれない霧子が足指の先を擦りあわせて喘いだ。ペディキュアなしでも十分に美しい十個の桜貝だ。

鼠蹊部を秘芯に向かって舐めあげていき、辿りつきそうになるとまたもとに戻って舐めあげていく。

焦らすだけ焦らされている霧子は、早く、と掠《かす》れた声で催促した。

咲き開いた花びらと顔を出している花芽をぴちょぴちょ舐めてやると、

「もうすぐ……早く……」

苦しそうな声で霧子が喘いだ。そこまで近づいているエクスタシーを待ちわびている。きゅっと脚に力を入れ、快感を逃すまいとしている。

修次は動きをとめた。

「ヘアーを始末してから続きをしてやる」

誘惑に勝つか負けるか、今が勝負だ。勝てばほんとうの意味で霧子をもてあそべる。

「いや。して。意地悪……」

修次は香に火をつけ、わざと霧子の顔の前に差し出して見せた。

それを目にした霧子はさっと軀をうつ伏せた。

「もういや。チクチクしてもいいの」

シーツを握りしめ、精いっぱい駄々をこねている。

修一の使っていた六条鞭を取りあげた修次は、霧子の白い臀部めがけてビシッと一撃を振り下ろした。

「あう！」

唐突な仕置に、霧子の首がのけぞった。

「腕と膝を立てろ」

よろよろと動き出した霧子が四つん這いになった。修次は四、五回、その尻を打ちすえた。

「ヒッ！　ごめんなさい。ヒッ！　お許し……痛い！」

振り下ろした瞬間の引き締まった肉を弾く快い響き……。尻を打ちすえて戻ってくる黒い鞭の軽快さ……。屈辱に身を震わせる獲物……。修次は鞭打ちプレイがこれほど牡の心をくすぐるものとは知らなかった。決して肌を傷つけたりはしない。鞭を置いて掌で右の双丘を一撃し、霧子をひっくり返した。

「まだおあずけだ。わかったな」

霧子は恨みがましい目で修次を見つめ、唇をわずかに尖らせた。こんなときの霧子はとうてい三十二歳には見えない。まるで幼女になったようではっとする。

二本めの香に火をつけ、恥毛を焼いていった。一本の香が修次の指を焼くほど短くなると、次の香に火をつけるまで休息になる。そのとき、ふたりの間では必ずやりとりがあった。修次が優位に立っているようで、結局、一から十まで霧子に操られているのではないかと修次は思った。

恥丘の翳りを全部始末してしまい、陰唇の縁どりの部分になると、より秘密めいた儀式にとりかかった気がした。霧子も恥丘を始末するときより多量の蜜を滲《にじ》ませはじめた。

花びらや肉の豆をつつんだ莢を焼かないように、片手で外側の陰唇を引っ張り、慎重に火のついた線香の先を恥毛につけていった。

「まぁだ？　修次さん……まだなの？」

クッションを入れているとはいえ、腰を上げた格好が長引いてくるとくたびれるのか、霧子はときどき尋ねた。

「右は終わったから、あとは左の方だ。うんと腰を突き出してみろ。下の方はやりにくいから火傷をするぞ」

言葉だけで敏感に反応し、秘口からたらりと蜜がこぼれた。

会陰にしたたり落ちていく銀色の愛液を眺めながら、恥毛の始末が終わるまでにどこまで流れていくだろうと修次は考えた。口で拭きとってやりたいのを我慢して、そのまま仕事を続けた。

淫靡な行為に霧子は快感を覚えているのだろう。チッと恥毛を焼くかすかな音に、蜜がとろっと溢れて流れ落ちていく。うしろのすぼまりに辿りつき、さらにしたたってクッションに染みをつくっていった。

すべての恥毛の先を焼き終わったとき、寝室は伽羅の香りで満たされていた。

恥毛を掌や甲で撫で、新しい感触を確かめる。顔をつけて両頬でも確かめる。もともと柔らかい性毛だけに萌え出たばかりの若草のようだ。

「もう……おしまい……？　もう動いてもよくって？」

霧子が頭を持ち上げた。

「まだだ。望みのことをしてやるぞ。朝まで覚悟しろ」

香を手に入れるためにかかった時間。それを使って行なった妖しい儀式を終えるまでの時間。それら数時間の儀式が終わったあとで始まる、これからの本当の霧子との営み……。

待って待って待ちわびた時間に修次は震えた。待たされた霧子も、これからの時間を思って、躯が桜色に染まっている。

2

まずは霧子を美しく拘束し、飾ってやらねばならない。縄化粧するため、赤いロープを選んだ。麻縄や荒縄、ラメ入りロープや綿ロープと、ロープだけでもプレイに必要なだけ揃っている。それぞれの用途に合わせて使い分けることもできるようになった。

修一もそう言っていたらしいが、霧子には赤いロープがよく似合う。赤い縄化粧に自由をなくした霧子は、どんな衣装を身につけているときより愛しかった。

修一は今でも修次のライバルだ。ライバル意識が、修次の縛りを短い間に上達させた。今では、霧子を写した修一のあの衝撃の緊縛写真のように、きれいに縛ることができる。縄によって、霧子はよりいっそう美しく可憐に浮かび上がるのだ。

縛るたびに縄は、霧子の汗や蜜液を吸って生き物のように輝いてくる。魂を宿した縄が霧子の躯の隅々まで知りつくし、その柔らかな肌のわずかなちがいさえ読み取って、じんわり吸いついていくように見えた。

赤いロープを修次が手にしたときから、霧子の肌は縄を欲しがって疼きはじめる。

「きょうはどんなふうに縛られたい」

いつものことだが、霧子は決してすぐにはこたえようとしない。

「やめておくか」

霧子の心中を知ったうえで、故意に意地悪く言ってみるのもいつものことだ。

縄が欲しいとは言えず、霧子は少しうつむいた。

「きょうはいやなんだな？」

霧子はコクッと喉を鳴らした。

そんな霧子のわずかな動作や表情を楽しみながら、修次はロープをいったん置いてみたりする。

恥毛を焼いているときは早く修次のものが欲しいと駄々をこねたりしたくせに、ちょっとしたきっかけを失うと、たちまち霧子は自分の欲求を口にできなくなってしまう。

「なぜ黙っている。何か言ったらどうだ」

修次は徐々に語調を強めていく。小さな口元がますます硬くなった。

「言わないならいい。座って足首を持て」

そのひとことでどんな縛り方をされるかわかり、霧子は恥ずかしさに汗ばんだ。

修次は数本のロープを用意した。ついさっきまでは芸術的に縛って鑑賞しようと思っていたのだが、香を買いに行ったり、恥毛を一本ずつ焼いたり、あまりに時間をかけすぎ、そんな余裕がなくなっている。

てっとり早くくくりたい。それも、霧子がより恥じらうように……。それには、右の手足、左の手足をひとつにして開脚させてくくりつける縛りがいい。霧子は否応なく秘園を大きく晒し、隠すこともできず、あられもない姿を強制されることになる。

「いや……」

用意されたロープを見た霧子は、ベッドカバーで軀を隠した。

「うん？　何か言ったか？」

「いや……あれはいや……」

拒否されるほどにうまみが増す。

赤いロープを持った修次は、内心ほくそえみながら霧子に近づいた。

「手はどこだ？　言うとおりにしろ！　手はどこだ」

力ずくでくるのは造作もないが、そのときどきの気持でそうすることもあれば、服従するまで忍耐強く交渉することもある。

ベッドカバーをしぶしぶ軀から離した霧子は、座って両足首を持った。膝はきっちり閉じている。最初から足を開かれたのでは興ざめだが、霧子は決してそんなことはしない。いつも初めてくくられるようにいじらしい。

すでに何年もやってきたような熟練した動きで修次は霧子をくくっていく。右手と右足首、左手と左足首を別々のロープでひとつにしたとき、

「恥ずかしくしないで。くくりつけないで……」

霧子は泣きそうな顔をした。

そんな言葉は修次にとって〈ひたすら続行せよ〉の合図でしかない。

胸を押した。霧子は容易にひっくり返り、亀のように仰向けになった。起き上がろうともがいているところを押さえつけ、手足をくくっている二本の縄尻をベッドの隅の左右のポールにくくりつけた。

「いやいや。こんなのいや！」

あらがいに腰がくねくね動いた。

いやと言う霧子の本性を暴《あば》くように、すっかり開脚した秘園の中心からたっぷり蜜がしたたっていた。

「もうぐっしょりだぞ」

修次の笑いに、霧子は尻をもぞもぞと動かした。

無防備な股間に顔を近づけると、伽羅の香りがふうっと修次の鼻孔をくすぐった。この上なく美しく、この上なく淫らな霧子の秘所がぱっくりさらけだされている。

しっとり湿った柔らかな花びらをぴらぴら指でもてあそび、揉みほぐした。肉の豆をつんだ包皮もくりくりと摩擦した。肉芽はわずかずつ成長し、包皮からはみ出してくる。花びらは膨らんで開き、蜜でぬるぬるした。外性器全体が微妙に変化していくのを、修次はいつも新鮮な気持で見つめた。

肉溝に指を這わせ、より大きなVの字にして双花をくつろげた。肉芽の下方、聖水口のあたりの濡れ光ったやさしい桃色の粘膜は、いくら見ていても飽きない。

聖水口の両わきの深いくぼみは不思議な景色だ。女の尿道口はなぜこれほどひっそりとしているのだろう。

聖水口を舐める。つるんとして柔らかい。舌先を尖らせてつついてはこねる。身動きできない霧子のかすかな悶えが伝わってくる。

「赤ん坊になれ。ここで洩らしてみろ」

「いや。だめ……」

香を探しに出かけたときから排尿していない霧子だ。そろそろ膀胱《ぼうこう》がいっぱいになるころだと、修次は秘所を広げたまま、舌先で集中的に聖水口を刺激しはじめた。

「あう……あん……いや……あう……ああ……」

夢見ているような浮いた声が、排尿口を舐めまわすたびに洩れた。だが、なかなか出そうにない。

綿棒を取って聖水口の粘膜を撫でまわし、くぼみにそっと差し入れた。

「ああ……い、いや……」

無闇に動いては可憐な聖水口が傷つくのがわかっているだけに、霧子は綿棒に神経を集中し、腰を硬直させた。むずむずした感覚がずくっとした小さな疼きに変わり、子宮に続く肉襞へと痺れるように広がっていった。

「やめて……それ、あ……」

粘膜を痛めないように修次はやさしくいじった。

「できないならもっと大きなものを突っこんでみるからな」

霧子は腰を動かさないでいやいやと首だけ振った。

「じゃあ、しろ」

「あとで……まだあとで……」

あとでと言われると今すぐさせてみたくなる。

ゴム管のついた注射筒に生理食塩水を入れ、霧子の顔の前に持っていった。

「これだけ入れてやるぞ。そしたら、すぐに出せるだろう?」

「それ、いや……」

嘴《くちばし》を入れさせまいと腰を動かす霧子の肉芽をつまみあげた。ヒッと苦悶の声をあげ、霧子はそれっきり動かなくなった。

聖水口にゴム管が触れたとき、空に浮いた足指がぴんと張った。指はやがて、あきらめとともに、もとに戻っていった。

修次は故意にゆっくりと注入していった。緊張で鼠蹊部がぴくぴくしている。

筒が空になり、そっと嘴を抜いた。

「あう……」

異物が抜けていくとき、霧子にはいつも妖しくせつない快感が広がっていく。

霧子の排尿の限界がわかっていながら、修次はソファーに横になった。

「解いて……早く……お小水が……修次さん……」

霧子の顔が苦痛に歪んでいる。

「このましろ」

クリスタルのガラス瓶《びん》を取って、その口を聖水口を中心にして肉溝に押しあてた。

磨かれたガラス瓶を当てるのは、外から小水の出るところを観察するためだ。直径三、四センチの口の中に、花びらも肉芽も入っている。霧子の性器がすっぽり納まっている。

最初のころはバスタオルをあててみたりもしたが、愛らしい排水口から小水が出てくるのを見ることができない。口で受けるときもそうだ。それで考えた結果が透明なガラス瓶だった。霧子はタオルをあてて排尿させられるより恥ずかしがる。

「いいぞ、しろ」

「それ、恥ずかしい……いや。ああ……あ……」

堪えることができず、霧子はついに小さな粘膜を開いた。

小水が瓶の底に向かってほとばしっていく。聖水口から外に出たときの小水の音に、霧子は真っ赤になった。

「なんて恥ずかしい音だ。こんなに脚を開いて、このままオシッコをしているんだからな」

膀胱を空にした霧子の目尻に涙が滲んだ。

ガラス瓶を置き、小水で濡れた粘膜をぺちょぺちょと舐めあげた。わずかに塩辛いがなかなかうまい。

小水をためたガラス瓶を霧子の顔面に突き出して見せた。いやっ、と霧子は顔をそむけた。薄い色だ。生理食塩水で薄めてしまったせいか、匂いもあまりしない。

「前がすっきりしたら、もちろん次は」

「だ、だめっ！」

身をよじる霧子は、今度こそほんとうにいやがっているとわかる。

ほくそえみながら部屋を出た修次は、太い浣腸器にたっぷりとぬるま湯を入れてきた。

「修次さん、いや。いや！」

「何度もしてきたことじゃないか」

「くくられてされるのはいや」

「いつものように四つん這いになってされるのならいいのか」

ガラスの嘴を挿入する前に、かわいい肉桂色の菊蕾を舐めてやる。つるつるした粘膜の中心に舌先を少し入れる。菊口がきゅっとすぼまった。

「たっぷり入れてやるから力を抜くんだ」

嘴が菊口を貫くと、霧子は終わるのを待つしかない。

わずかずつ腸内に満たされていくぬるま湯。ピストンを押していく指の感触に、毎回、修次はぞくぞくする。

嘴を抜いたあとの霧子の苦痛と羞恥に歪んだ顔を見るのも楽しいひとときだ。肉柱がぐいぐい持ち上がってくる。

「解いて……早く……」

脂汗を滲ませながら菊蕾をすぼめ、霧子は必死に排泄の危機に堪えていた。

一階の洗面所まで下りていかねばならないことを考え、修次は早めに紐を解いてやった。粗相しないためには不格好な姿勢で歩くことになる。霧子はそれを恥じ、自分で歩こうとはしない。助けを乞う濡れた目を修次に向けた。

「抱いて行って……」

修次の足元にうずくまった。手首と足首にロープの形がつき、奴隷の姿だ。

「あう……またあしたも……ああ……お浣腸……して……ください」

脂汗にまみれた苦しげな霧子が口にした。

初めて連れて行ってくれとせがんだときから、いつもそれを言わせている。それからしか抱いて行ってもらえないのを霧子もよく知っていた。

霧子をさっと抱きかかえ、階下へ急いで下りていく。

便器に座らせるとすぐに水を流し、音は消してやる。だが、排泄する屈辱的な霧子の顔を真正面からじっくりと観察した。霧子は終わるまで唇を震わせ、眉間に小さな縦皺を刻み、哀れな目をして修次をじっと見つめていた。

「すんだか?」

放心した霧子はたいてい黙っている。もう一度水を流してやり、風呂で尻を丁寧に洗ったあと、浴槽の縁に手をつかせて赤くなったアヌスを舐めた。

「嫌いにならないで……」

浣腸されたあと、霧子は必ず不安そうに言う。

クリームをたっぷりと菊座に塗りこめてやり、ゆっくりと肉刀を挿入していった。

「うぅん……」

霧子の背中が弓なりになる。肉柱がアヌスの括約筋にぎりぎりと食い締められ、ちぎれそうになった。

「いいぞ……霧子」

肉杭の動きをとめ、背中を舐めまわした。白い肌がざあっと音をたてている。修次だけに聞こえるあるかなしかのかすかな音だ。

左の指を二本女芯に入れ、右の指では外性器をいじりまわした。

「いい……そこ……そこをもっと……」

霧子は肉の豆を包む包皮の上を触られるのが好きだ。指を左右に動かしてやると、短時間で達してしまう。

菊口に入っている剛棒がますますきつく締めつけられる。初めて霧子の菊蕾を犯したとき、修次はすぐに射精した。それほど強烈な締めつけだった。今でもまずは挿入したまま指で花園をいじり、一度いかせてから抽送することが多い。

「ああ、もうすぐ。もっと……」

「もっと何だ」

「もっと早く、指を……」

「こうか。このくらいか」

「はい。ああ……う、くっ！」

全身が硬直し、痙攣した。膣に入れた指が幾度も締めつけられ、秘菊を突き刺している肉茎は根元から嚙み切られそうになった。

弛《し》緩《かん》したところでアヌスの怒張を動かしはじめた。

「いつも……恥ずかしいことをして……あう……」

霧子は揺れながら酔ったように口にした。

「うしろを犯されるのは恥ずかしいか」

「恥ずかしい……とっても……」

「だけど好きなんだな」

「好き……」

これ以上長引かせるのは無理だ。抽送のスピードを増した。気をやった瞬間、霧子の軀は洗い場に崩れ落ちそうになった。細い腰をがっしりつかんだ修次は、しばらく肉柱を突き刺したまま射精の余韻に浸っていた。

3

四六時中、霧子といっしょにいるというのに、修次の独占欲は日増しに強くなっていく。他人の目から隔離したあとは、霧子の一挙手一投足さえ束縛したくなる。霧子が自由に家の中を歩きまわることさえ許してはならない気がした。

炊事や洗濯や掃除を霧子がきちんとこなしていくことに、修次は幸せより違和感を感じるようになった。霧子は普通の女であってはならないし、普通の女であるはずがなかった。

「霧子、そんなことは適当でいい。来い」

藍の濃淡をさりげなく織りだした結城紬《ゆうきつむぎ》の上に真っ白な割烹着《かっぽうぎ》をつけた霧子は、朝食後のキッチンを片づけたあと、換気扇まで拭いている。霧子の指が荒れるのが気になった。

「霧子、来い」

「はい。すぐに」

返事だけして、霧子はせっせと換気扇を拭き続けている。

修次は霧子に近づき、唐突に腰を引き寄せた。

「あっ！」

驚いた霧子は手にしたペーパータオルを落としていた。

「手を洗え。そして、こんな邪魔なものははずせ」

主婦の匂いのする割烹着など、二度とつけさせるものかと思った。

「脅かさないで」

心臓がトクトク鳴っているのが着物の上からでもよくわかる。

「全部俺がやる。手が荒れたらどうするんだ。手を洗え」

洗えと言ったものの、修次はつい手を出して洗ってやった。

「まあ、わたし、子供になったみたい」

ふふふと霧子は楽しげに笑った。

「ああ、子供になれ。これから霧子は何もしなくていいんだ。食事の用意も俺がやる。学生時代に作ったことがある。腹をこわしはしないさ」

今だけの言葉だろうと霧子は聞き流した。手がきれいになったところで、昼食の材料だけでも出しておこうと、キッチンの下の収納扉をあけた。

「何もしなくていいと言ってるんだ。言うことを聞けないなら……」

修次はうしろから軽々と霧子を抱え上げた。

「もう俺はとうに元気を取り戻してるんだぞ」

今朝方まで霧子を愛し、それからまだ三時間ほどしかたっていない。

「だめ……だめなんです」

あらがう霧子にかまわず、二階の寝室まで運んだ。

どんなふうに料理しようかと舐めるような視線で見おろすと、霧子は胸元と裾を手で押さえた。

「わたしがしてさしあげます。お口でしてさしあげます。それで許して……」

霧子は自発的にひざまずいた。

明け方まで激しく突いたので秘芯が痛むのだろうかと修次は思った。

髪を上げている艶《つや》っぽい着物の霧子が、今しがたまで炊事をしていたとは思えぬしなやかな白い手で修次の屹立を左右から包んだ。霧子の掌に納まっただけで、肉棒の側面を這う血管が破裂寸前の勢いで盛り上がった。

丸くなったぷっくりした唇が肉棒を咥え、怒張を飲みこんでいく。柔らかな唇で摩擦しながら、舌先は屹立を絡めるように動いている。

やがて、皺袋を包んだ手もゆっくり動きだした。揉みしだき、撫でまわし、一本の指の先はアヌスへと伸びていった。

肉棒を唇と舌、皺袋を左の掌、菊座を右の指で一度に愛撫されると、修次はすぐに気をやりそうになる。初めてそうされたときは、不覚にもたった数秒で口の中に噴きこぼしてしまった。このごろは少しはましになったが、それでも微妙な三箇所責めにはそうそう耐えられない。

射精を長引かせるため、修次はいったん口からペニスを出してベッドに横になった。

霧子は皺袋を愛撫していた手で、肉柱をそっと握った。そうしながら股間に顔を埋め、袋に唇をつけて這いまわった。男の性器だけに棲み、蠢く、妖しい虫達が這いずりまわっているようだ。肉茎をゆっくりとしごく手もひとつの命を持った生き物のようだ。このままではじきに爆発する。

「やめろ」

修次は上体を起こした。

「あなたのもの、飲ませてください。お気に召さなくって……？」

不安げな目が修次を見つめた。

「上手だ。すぐにもいきそうだった」

「じゃあ、お口の中で……」

「下の方のな」

霧子を倒して修次は朱の帯を解きはじめた。

「だめ。いや。ね、きょうはいや」

いつもすんなりと裸になるとは限らない霧子だが、きょうのあらがいはいちだんと食指をそそった。

「そんなに痛いのか」

質問の意味がわかった霧子はぽっと瞼を染めたが、すぐに首を振った。

邪魔されながらも修次は何とか帯を解き終え、チェストに投げやった。

裾を開こうとすると、霧子はその手を押しのけた。

「さっきから……」

追いつめられてようやくそれだけ言った。次の言葉はすぐには出てこなかった。

「月のものが……」

ためらいがちに言った霧子はシーツに顔を埋めた。

霧子はいつもブルーデイを隠したがる。決して自分から言おうとしない。いつもぎりぎりまで黙っている。いっしょになって以来、修次に抱かれる寸前、やむなく告白するのだ。

「どうして恥ずかしがる。なぜいつもこうなんだ」

修次は呆れた。

「ごめんなさい……」

まるで罪人のようだ。

「俺にとってはタブーじゃないんだ。霧子のものは何でも愛せる」

裾を広げた修次に、霧子は逃げ場を探した。

「終わるまでだめ……」

「三日も四日もか。長いときは五日もか。そんなに俺が我慢できると思うか。毎日、二度も三度も、いや、それ以上抱いているんだ」

「ですから、お口でしてさしあげます。何度でもお口で。一生懸命してさしあげますから。だから、許して」

修次は霧子を強引に引き寄せて押さえつけた。

「だめ。だめです」

首を振りたくり、修次を手で押しのけてくる。簡単にはあきらめそうにない。

着物のままうしろ手にくくった。

「解いて。おっしゃるとおりにします。シャワーを浴びさせて。このままはいや」

汗まみれになって訴えた。

シャワーが許されないと知ると、せめて入れているものを自分の手で出させてほしいと泣きついた。

「何を入れてるんだ?」

修次はわざと尋ねた。

「おわかりになっていらっしゃるくせに……ご覧にならないで……お願いです……」

秘園を守るため、霧子は横座りになって軀を縮こめた。

「俺が出してやる」

近づくと、霧子は尻であとじさった。

「嫌い。嫌いになります……」

みるみるうちに瞳が潤んだ。

「たった今から霧子に自由はないぞ。俺の目が黒いうちは、その手は使わせない。タンポンの出し入れも排便の始末も、全部俺がやる。わかったか」

喋りながら修次は興奮した。なぜ今まで霧子の手を自由にしておいたのだろうと後悔がよぎった。手を拘束しておけば、炊事をすることもない。足も拘束しておこうと決めた。

裾をめくりあげ、膝を左右に割った。

「いやっ！」

霧子は力を入れている。いちどきに大きくは開かなかった。あいた狭間に軀を割りこませ、容赦なく広げていった。

タンポンの白い紐が秘芯から垂れていた。

（何ていやらしい眺めだ……）

修次はぞくぞくした。

霧子は恥ずかしさと屈辱に消え入りたかった。

修次はつんつんと紐を引いて遊んだり、紐の先で掃くように花びらや肉芽の先を撫でたりした。

霧子は、いや、を連発しながら腰をくねらせた。焦らすような感触に、みるみるうちに性器がぬめった。紐もぬるぬるしてきた。

修次は紐を引いた。

「い……や……」

意味のない記号になった言葉だ。

タンポンを引き抜くとき、抵抗があった。修次に見られるのをいやがり、女芯が小さなものをしっかりと咥えこんでいるような感触だ。

指先にぐっと力をこめて引き抜いた。赤く染まった親指ほどのタンポンを引き抜かれると、霧子はぼんやりそれを見つめた。

「新しいのを入れてやろうな」

霧子が黙っているので、それらしき花柄のポーチを見つけてあけてみる。大きさのちがう二種類のタンポンが入っている。出血の割合によって入れるものを変えるのだ。湯文字の下に何もつけない霧子は、ショーツの必要なナプキンはほとんど使わない。

「どれを入れればいいんだ」

「大きいもの……」

四センチほどの長い方のタンポンを取ると、霧子はそっと睫毛を伏せた。

タンポンを包んだセロハンをはずし、花びらをくつろげて、秘口にそっと押しこんだ。

「あん……」

太い肉棒さえのみこむ女壺だが、修次の指より細いタンポンを簡単には通さなかった。膣襞は今、それほど狭まっているのだ。これほどまでに伸縮自在で不思議な女の軀に感嘆するほかはない。

修次はどのくらい挿入すればいいのかわからなかった。

「このくらいいか」

「もっと……」

　壁にぶつかったようで、タンポンが子宮壷の入口に着いたようだとわかった。指を抜いた。

「このくらいか」

「ごめんなさい……黙っていてごめんなさい……お仕置してください」

　霧子から仕置をせがむことはよくある。快感の狭間でうわごとのように口走る。

　今の霧子は、自分の手で入れるべきものを修次に入れられて拒んでいたものの、結局、昂っているのだ。

　壁に向かってひざまずかせ、後ろ手に縛られた不安定な軀をあずけさせた。

　着物を破廉恥にまくりあげ、湯文字の上から平手で尻を打ちのめした。ヒッと声があがった。

「これが好きだな」

「す、好きです。あうっ！」

　尻を打擲すると興奮する。霧子も叫びながらじっとり秘芯を濡らしているはずだ。

「こんどは前だ。こっちを向け！　俺の手じゃ物足りないだろう？　鞭をやるぞ」

　声をあげながらもスパンキングにうっとりしていた霧子は、はっとして首をまわした。修次は鞭を手にしていた。

「胸はいや。お尻をぶって……お尻を……お願い、修次さん」

「立て！ 前だと言ってるんだ！」

乳房を打たれる痛みと恐怖に、霧子はひざまずいたまま壁に胸を押しつけて動くまいとした。

脅しただけで、修次は乳房を打つつもりはなかった。潤滑クリームを鞭の柄に塗りつけ、臀部を隠している湯文字をまくった。

「いや！」

菊蕾にごつごつした柄の先をあてた。

「動くな！ 怪我をするぞ」

「い、い、いやあ！」

菊芯を貫いた波うつ鞭の柄に、霧子は壁にぐっと乳房を押しつけてのけぞった。

冷酷な征服欲が湧いてくる。いたぶるだけいたぶってみたいという思いしかない。軽く抽送した。

「い、痛っ！」

クリームを塗ったとはいえ、霧子の心の準備ができていないため、いつも使う菊蕾もまだ堅くすぼまっている。鞭の柄をぐるっとまわした。

「ああう……いや。うぅん……」

霧子は両肩を壁につけて呻いた。

滑りどめの波を描いた鞭の柄の感触は、肉柱やバイブとひと味ちがう。

「あぅ……うぅん……あ……」

蹂躙されている姿で震えながらも、霧子は拒絶と異なる声を出しはじめた。


午後になって目覚めた修次の横で、霧子はまだ深い寝息をたてていた。

閉じた脚を開いてタンポンを替えてやろうとすると、霧子は目を覚ました。修次が何をしようとしているのか知り、おとなしく脚を広げて替えさせた。

「もう……解いてください……」

キッチンの換気扇を拭いたすぐあとにいましめをして、すでに数時間がたっている。鞭の柄でいたぶり、それで気をやった霧子を少し休ませることにして横にしたが、そのときもうしろ手にくくったままだった。霧子は右脇を下にして眠っていたのだ。

解いてやったのはわずか数分だった。

地下室を改造するため必要なものを徹底的に買い集めてこようと眠りこむ前に考えたことを、修次はまだ忘れてはいない。

街に出かけている間は、裸に剥いた霧子の右足首に枷《かせ》を塡め、鎖でベッドにつないでおくことにした。両手首には革手錠をかけ、指も使えないように袋をかぶせた。今後、霧子に自由はないのだ。

水と、溲瓶《しびん》がわりの深手のガラス皿を霧子の前に置いた。コップにストローをさしてやっては面白くないので、犬や猫のように這いつくばって飲ませるために故意に水は皿に入れた。

「ほかにいるものがあるか」

素裸に剝かれて拘束された霧子をさらに辱めるためのふたつの皿。修次はどちらにも満足した。

「お出かけになっている間だけ自由にしてください。怖い。誰か来たらいや。じっとしていますから……」

指さえ使えないとなると、あとは顔を動かし、口に頼るしかない。そばに修次がついているならそれでもいいが、いなくなることを考えると恐怖が先にたった。

「もう霧子に自由はないんだ」

「では、足だけに……お小水をしても……きれいにできませんもの……」

霧子が懇願する。

「濡れたままにしておけ。そのうち乾く」

皿をまたいで恥ずかしげに小水をしている姿を即座に修次は浮かべていた。性器をぐっしょり濡らすだろう。膀胱が空になって聖水口が閉じたあと、女の器官を濡らした小水が雫になって落ちていき、一粒の雫にもなれない小水は股間を冷たく濡らしたままだろう。

霧子は乾くまで尻を持ち上げて待つだろうか。それともそのまま床に座りこんでしまうだろうか……。

「お出かけになる前に……化粧室に……」

何のためにわざわざ器を用意してやったのだと、修次は霧子の願いを無視した。

霧子は何度も哀願した。

「たった今、また注射してやってもいいんだぞ。前にもうしろにもたっぷりしてやろうか。そして、俺はすぐに出かける。どうだ、そうしてやろうか」

霧子は激しくかぶりを振った。

「いや。お注射なさるなら……舌を嚙みます……」

ひとりになって排泄し、後始末もできないことに、霧子は屈辱より恐れを感じていた。

舌を嚙むなどと言った霧子に、修次は不安を隠せない。水は飲めなくなるが、嵌口具《かんこうぐ》を塡めていくことにした。戻ったころには唾液でべとべとになっているだろう。

霧子は嵌口具もいやがる。唾液を垂らした惨めな姿を見せたくないのだ。指を噛まれないように慎重に嵌口具をつけた。

「うぐ……む……ぐ……」

泣きながら霧子は何かを訴えようとしている。

出かけるのをあとにしてまた霧子を抱きたくなった。

「舌を噛んで死なれては困るからな。辛《つら》いか。だが、まだ序の口だぞ」

女芯に指をつけてみると、溢れる蜜液が股間をぐっしょり濡らしていた。

第五章　恥じらいの愛奴二匹

1

修次の目はぎらぎら光っていた。だが、頬がくぼんできた。修次には霧子だけしか見えない。霧子は地下室に繋がれていた。

何の変哲もなかった八畳ほどの箱型の地下室は改造され、すっかり装いが変わった。今ではここがふたりの生活の場だ。

するりとしていた壁や天井、床のところどころから鉤型《かぎがた》の鉄杭が出ていた。滑車もぶら下がっている。頑丈なコンクリート造りの建物に穴をあけ、そこに杭を打ちこんでセメントで塗り固めたもので、作業中の修次は気違いじみた目をしていた。

霧子の体重を支えてもなお余りある強固さが必要なのだから、セメントが乾くまでは余裕をもって数日待った。

板敷の床は杭が出ているほかはそのままで、絨毯を敷くのはよした。ベッド、ソファー、背もたれのついた椅子、プレイの道具を入れる小型のチェスト。そんなものが地下室に運ばれていた。

冷たい感じがしていた壁には、赤いロープでさまざまな形にくくられた霧子の写真が何葉も貼りつけられた。修次が自分で焼いて引き伸ばしたものだ。

一日に一度は建物の中を散歩させる。二階までを行ったりきたりするか、屋上を歩かせたりするほどだ。そのときも首輪か手枷をして歩かせる。霧子の自由はなかった。

「おいしい……」

二階の螺旋階段から屋上に出た霧子が深呼吸した。

胸の高さまで目隠しのフェンスがあり、たとえ誰かが屋上の霧子を見かけたとしても拘束されているとは気づかないだろう。それより、人々は、そこに建物があることなどとうに忘れているのではないかと思えるほどひっそりしていた。風が吹けば土や緑の匂いがよぎっていく。

「外を歩きたいか」

長襦袢を羽織っただけの霧子の手首には枷が嵌めてあった。

「本当のことを言ってみろ」

遠くに目を凝らしている霧子は、修次の言葉を聞いていないようだ。

「あっちに行ってみたいのか。たまには土の上を歩かせてもいいんだ。木や草に触ってみたいか。言ってみろ」

霧子はうなじを見せたまま動かなかった。

「霧子！」

ようやく気づいたというふうにびくりとした霧子が、慌てて修次を振り返った。

「俺は今後、誰にもおまえを見せたりしない。会わせたりするものか。おまえに会った誰もがおまえを愛したくなるのはわかっている。俺はいやだ」

兄の修一が、弟の修次さえ家に寄せつけなかった気持が今はよくわかる。その修一の同僚の阿久津も霧子に夢中になった。霧子を犯したもうひとりの男も、もしかして霧子を忘れられずにいるのかもしれない。修次にはそれが誰なのか知らされていないだけに、その男が危険に思えた。男達の霧子を見る目は凶器以外の何ものでもない。

「俺が生きている間、おまえは一歩もここから出られないんだ。出してやるものか。たったそこまでも行かせるものか」

つい今しがたまで、少しだけ霧子を外に出してやろうかと思っていたことも忘れ、気持が昴った。

「もうおまえはそこの土を踏むこともできないんだぞ」

内心、泣き喚《わめ》いてみろ、と思いながら、愛奴を見つめた。

「わかっていますわ……」

霧子は恨みがましい顔をするわけでもなかった。

「聞き分けがいいな。俺は霧子から何もかも奪った。俺を憎め」

「あなたが好きです。あなただけのものになっていたい。ずっとあなただけのものに」

仔犬がじゃれるように、霧子は修次の胸に頬を押しつけた。

「兄貴にも同じことを言ったんだろう？　そうだな？　俺が死んだら、次は誰に言う。えっ？　霧子、誰に言うつもりだ！」

亡き兄に嫉妬するだけでなく、自分が死んだあとに霧子の前に現れるだろう見知らぬ男に、修次は新たな嫉妬の炎を燃やした。初めて死にたくないと思った。誰にも霧子を渡したくないと思った。

「もう……誰にも……言いはしません……」

「そのかわいい唇から、よくそんな嘘が出てくるな」

修次は唇の端で笑った。

「嘘だ。嘘に決まっている。音《ね》をあげるまで痛めつけてやる。いや、音をあげても許さんぞ」

手枷から出た鎖を引いた。霧子がよろめいた。

霧子はせかされて螺旋階段を下り、地下室まで歩いた。

枷をはずして麻縄でうしろ手に縛りなおしたあと、霧子の両足の膝の上を縛って逆さに天井から吊した。万一のことを考え、逆海老吊りや逆さ吊りをするときは、必ずベッドの上で吊す。十分前後が限界で、いったんベッドに下ろし、そこでそのままもてあそんではまた吊す。それを幾度となく繰り返すのだ。

最近、霧子を吊り上げる体力が失《う》せてきたような気がしてならない。スポーツで鍛え、たくましく盛り上がっていた腕の筋肉が、心なしか細くなってきた。

一度射精すると疲れがひどい。かつてのように、霧子の女芯の中ですぐに回復することは少なくなり、その分、道具を使ったり執拗に愛撫したりして霧子を責めるようになった。霧子の絹のような肌が愛しいだけ、逆に、残酷に傷つけたくなってしまう。

力を振り絞って逆さに吊った霧子をじっくり眺めた。まとめあげた髪が乱れている。椀形の乳房は醜く垂れたりしていない。張りがあり、きれいな形で浮いている。

修次はカメラを出した。前方、側面、うしろから。そして、気に入った部分を執拗に写していった。

霧子の苦悶の色が濃くなっていく。眉根を寄せ、半開きの唇を震わせている。口を閉じる力がない。こめかみのあたりにじっとりと脂汗を滲ませている。

修次は乳首をつねった。霧子が空で揺れた。荒縄がしなった。

ほどけ落ちそうな黒髪の束を鷲《わし》づかみにしてぐいと引っ張り、手を放した。

「あう！」

ブランコのように霧子は揺れた。苦しそうに喘いでいる。頭に血がのぼり、顔が赤い。唇は紫色に見える。

「ああ……許し……て……」

語尾は風のように消えていった。

「俺の手で殺してしまいたい。霧子……苦しいか……」

霧子より先に逝き、ほかの男にとられてしまうくらいなら、いっそこの手で息の根をとめ、永遠に自分だけのものにした方がいいのではないか……。修次の脳裏によぎっていくものがあった。

「く……る……し……い……修次……さん……」

(まずい！)

修次は我に返り、慌てて霧子を下ろした。ぐったりした霧子の鼻先に掌をかざしてみた。かすかに息をしているようだ。それでも不安で心臓に手をあてた。左の乳房のすぐ下で、トクトクトクッと心臓が脈打っている。

（生きてる……）

目頭が熱くなった。小さな卵形の頭を膝に載せ、背中を曲げて口移しで冷たい水を飲ませてやった。

霧子がうっすらと目をあけた。

「もう少しで死なせてしまうところだった……殺したくなる……俺は霧子を殺してしまうかもしれない……愛しいのに殺したくなるんだ……」

骨が折れるほど強く抱きしめながら、修次は初めて霧子に涙を見せた。助けてくれ、と大声で叫んですがりつきたかった。

「それでもいいの……わたしのすべては修次さんのものです……」

血の気の戻ってきた唇を霧子がゆるめた。

逆さ吊りはやめることにし、足の縄を解いてやった。吊り責めに適している麻縄を使っただけに、縄化粧するときに使う赤い綿ロープに比べ、痛々しい鬱血の痕がついていた。舐めてやる。噴き出した汗でわずかに塩辛い。

「脚を開いて自分の指でしろ」

修次は気怠かった。

「自分でするのは……いや……」

霧子は目を伏せた。

「通夜の日、自分でしていたじゃないか。はっきり覚えているぞ。肩先の動きもあの声も、しっかり脳裏に焼きついているんだ」

あのときそんなものさえ見なければ、もしかして霧子との生活はなかっただろうか。少なくとも、あの衝撃のひとときが、ふたりの生活を早めたことだけは確かだ。

「霧子が自分の指で慰めることなんて考えたこともなかった。あのころは義姉さんと呼んでいたんだったな……何もかもが夢のようだ。俺がおまえを自分のものにすることができるなんてな」

最高の夢だ。これ以上の夢など望まない。これ以上の夢があるはずもない。

「しろ。あの日のように。そうだ、喪服を着ろ。霧子より喪服の似合う女はいない。そうだ、喪服を着て慰めろ。すぐに持ってきてやる」

足枷をし、ベッドの脚に固定して着物を取りにいった。

階段を上る足が以前より重い……。

桐の箪笥《たんす》に着物がぎっしり詰まっている。喪服、黒い帯、黒い帯揚げと帯締め。そして、対照的な真っ白い長襦袢を乱れ箱に入れて運んだ。

修次には着せることができない。着付ける間だけ手を自由にしてやることにしたが、足はそのまま繋いでおいた。

「着ろ」

「いやです。もうこんなものは着たくありません。生きている修次さんの前で、どうして喪服なんか着なければならないんです」

霧子は哀しそうに訴えた。

「俺のことではなく、兄貴が死んだときのことを思い出すんだろう？　毎日思い出しているんだろう」

あの日、霧子は修一のために哀しみの着物を装っていた。あれほど美しかったのは、修一の力なのだ。それを思うと激しく嫉妬した。死ぬまで嫉妬し続けるのだと思うと、修次は我ながら薄ら寒い気がした。

「修次さんのことだけしか考えていないのに、どうしてそんなことをおっしゃるの……」

今は修次のためだけに生きているのに、なぜときおり過去を持ち出してくるのだろうと、霧子は哀しくてならなかった。

「それなら、俺の弔いのために着ろ。痩せてきただろう？　体力が衰えてきたのがよくわかる。もしかしたら、俺はとっくに死んでいるのかもしれないな」

　ささくれだってきた手を修次は見つめた。

「自分が死んだことを知らずに彷徨《さまよ》っている霊がいるらしいが、俺もそのひとりじゃないのか。俺はこのごろ、そう思うことがある。霧子を愛しすぎて、死んでもあの世へ行くのを拒んでいるのかもしれない。ちがうのか？」

　修次はふふと鼻で笑った。

「着ろ」

「ほかの着物を……ほかのものを持ってきてください」

　袖を通すのを拒んで、霧子はいやいやをした。

「これ以外の着物に何の意味がある。あの日と同じようにこれを着て、そのきれいで淫らな指で慰めろ。そして、何度でもいけ。兄貴の名前を呼びながら慰めてみろ」

　修次は着物を押しつけた。

「喪服はいや……」

「また反抗するのか」

　鋭い目が霧子を睨んだ。

「あなたが逝っておしまいになるようなことをおっしゃるんですもの……ご自分の弔いのために着ろだなんて。いや。いやです」

「俺がこんなに頼んでもだめなのか。こんなに頼んでいるんだぞ」

哀しい顔をするだけで、霧子は袖をとおそうとはしない。

「わかった……従順なようでいて反抗ばかりするんだ。それとも、仕置されたいのか。それなら望みどおりにしてやる」

懲りもせず、部屋の真ん中に吊した。今度は両手を上げて吊すだけだ。危険なことはない。爪先がわずかに床についた。

霧子の目の前で、ズイキにぬるま湯をたっぷり含ませた。

「これが何だか知っていたな。あのときのことを思い出せ。入れてやるぞ」

膝をぴたりとつけて、霧子は修次の行為を拒もうとした。

「それはいや……」

無防備な腋窩《えきか》を、修次は羽でくすぐって責めたてた。

「あう……や、やめて……」

くすぐったさと、それに伴う苦痛に、霧子は軀をそむけようとする。

「ここの毛が少し出てきたな。たっぷりくすぐってから抜いてやるぞ」

羽根が肌に着くか着かないかの微妙なところでくすぐった。霧子は感じる軀をしているだけに苦痛も大きいはずだ。廓《くるわ》で女達の仕置に使われていたくらいだ。

霧子は手枷から伸びた縄を引きちぎるように悶えた。

「やめて……ヒッ！　やめて……いやぁ！」

羽根を置き、生え出た腋の若草を抜いた。細い栗色の毛だ。腕が伸びきっているので抜きやすい。だが、細い若草なので、毛抜でつまむと抜く前にちぎれたりするものもある。十本ほど抜いては、そこを舌で舐める。そのたびに感じすぎる霧子は苦しそうに身をくねらせた。

修一の初七日に初めて霧子の恥毛を抜いてから、これまで何回、その妖しい行為を繰り返してきただろう。それに飽き足らず、ここに移ってきてからは、伽羅の線香で一本ずつ毛先を焼きもした。短い恥毛が霧子の陰部を囲っている。

両腋の若草の始末をしたあと、修次はひざまずいて恥毛を抜きはじめた。また子供のような恥丘を撫でてみたくなった。一、二カ月後には、頃合を見計らって生え出た性毛の先を香で焼いていくだろう。修次が生きている間、幾度も繰り返される儀式だ。

「痛ァい……」

霧子は修次を見おろしながら訴えた。甘えた声……。霧子もこの儀式に恍惚となっている。蜜液がしたたりはじめた。

「ここが終わったら、いいものを入れてやる。ほら、さっきから早く霧子の温かいところに入りたいと言っている」

ズイキを指すと霧子が暴れだした。恥毛を抜かれても恍惚の表情を浮かべようとはしない。次にされることで頭がいっぱいになっている。

「痛ァい……もっとゆっくりして……ゆっくり……」

次の仕打ちを少しでも先に延ばそうとしている。そしてできるなら、やめさせたいと思っている。

「痛い……手が痛い……いや……」

修次は聞こえないふりをして花びらの外側の性毛を抜いていった。

「痛ァい。そこも手も……全部……痛ァい。いや」

気怠さを帯びた甘い声は、霧子が恍惚としている証拠だ。

触ると秘園はぬるぬるしている。ときどき修次はズズッと蜜液をすすった。

恥丘も性器を囲む恥毛も抜き終わり、久しぶりにつるつるになったところを撫でさすった。

ズイキをぬるま湯に浸しなおす。

「いや。入れないで。着物、着ます。着ますから」

秘芯を広げようとする修次を、霧子は全身で拒んだ。だが、片足を高く持ち上げると、霧子は残りの片足で自然に床を踏んばることになった。もう動けない。

楽しみながらゆっくりと修次はズイキを女芯に挿入していった。

霧子が落胆の声を洩らした。

「さあ、これから三十分だ。いや一時間そのままにしておくか」

正面にソファーを引きずってきて座った。

「ああ……やめて……うぅん……」

腰が卑猥に揺れはじめた。

「取って……あう……」

腰を蠢かしながら霧子は膝をこすりあわせた。わずかの間もじっとしていることはできない。猛烈な痒《かゆ》みが媚芯を襲っている。

「い、いやァ！　いやっ！　出して、出してください！　修次さん、出してっ！」

ついに霧子が叫びだした。

「お願い！　出して！　あうっ！　いやいや！　嫌い！　嫌い！　ヒイッ！　早く！」

悶える霧子の真正面で腕を組み、全身を眺めながら口元に見入る。白い歯が覗き、開き、ふだんの霧子からは決して考えられないしとやかさを忘れた声が絞り出される。コンクリートごと鉄杭が引き抜かれるほどの勢いで霧子は縄を引いて暴れていた。

「あとでへとへとになるぞ。だが、運動不足解消にもってこいかもしれないな。ちょうどいい。これからたまに、そうやって運動させてやる。おまえがそんなに乱れるのはめったに見られるものじゃない。いい眺めだぞ」

二、三カ月前の精力のあり余った修次なら、ただじっと見ているわけにはいかず、我慢できずにそろそろ次の行為に移っていただろう。

「着ます！　喪服を着ます！　許して！　あう……出して……」

伸びきった白い腕がねじれた。

「ほかに何か言いたいことはないのか」

「ヒイッ！　入れて……入れてください……ああっ……あなたのもの……入れてっ！」

むず痒さを肉柱の抽送で癒したいのだ。玉の汗を流しながら霧子は動き続けていた。

「早くっ！　あう……お肉の棒……大きなお肉の棒……ください。ヒッ！」

霧子がときおり口にする〈お肉の棒〉は何度聞いてもかわいい言葉だ。

「しばらくそこで踊っていろ」

修次はソファーを離れた。

「行かないで！　出して！　ああっ！　痒い！　いやいやっ！　出してっ！　あう……入れてっ！　お、お肉の棒……触って！　ああう……指で」

耐えきれずに霧子は次々と破廉恥なことを口走った。神経を紛らわすために口にしているのが卑猥で恥ずかしいことだと考える余地もない。

「また戻ってきてから聞かせてもらう。それまで黙ってろ」

嵌口具を填めて地下室を出た。

最近、修次にはあまり食欲がない。肉を見ても食べたいとは思わない。冷凍庫の肉の塊には一週間以上触れていない。もともと霧子もそう肉を食べる方ではない。まして修次が三度三度の食事をつくるのだから、手のこんだことはしない。

あれだけ声を出し、汗を流していた霧子は喉が渇いているだろう。ジュースを用意した。疲れすぎて、こってりしたものも受けつけないだろうと、ジャーのご飯を丼に移し、わさびや梅干や海苔、三つ葉を散らし、あたためたダシ汁をたっぷりかけた。

ジュースと茶漬けのアンバランスな献立を地下室に運んだとき、霧子は出るときと変わりなく激しく腰を動かしていた。嵌口具の隙間から呻きが洩れている。

嵌口具をはずした。

「どうしてこうなったんだ」

「喪服を着ろと言われて……でも……着なかったから……。着ますから……あう……もう許して……」

ズイキを秘壺から出した。愛蜜をたっぷり吸っている。すぐに痒みは消えない。

腕を吊り下げた縄も解いてやったが、手首はひとつのままだ。

その場に脚を広げてひざまずかせ、パパイヤほどの携帯用ビデの長い嘴を花芯に突き刺した。

ビデの嘴は膣の形に合わせ、やや曲線を描いている。嘴の手前の鍔《つば》の部分が秘芯の口につくと、それ以上挿入できない。洗浄液をこぼさないようにぴたりと鍔を柔肉につけ、パパイヤの形をした部分をゆっくり押していった。

膣を液でいっぱいに満たしたあと押さえていた手を放すと、洗浄液がまたビデに吸いこまれていった。

「どうだ、少しは治ったか」

「ああ……まだ……」

液を交換している間に、霧子はくくられた手を秘所にやり、こすっている。泣きそうな顔をしていた。

「あとで喪服を着たらそうやってそこを触れ。今はだめだ。ほら、洗ってやる。膝を立てろ」

さっきと同じ格好をさせ、霧子の膣を洗った。

少し治まったのか、霧子は恨めしげに修次を見つめた。

ジュースを口移しに飲ませてやると、コクコクッと細い喉を動かしながら、うまそうに飲んでいった。

「もっと……」

小鳥のように口をあけた霧子の髪をかき上げてやり、飲ませる。あれだけ叫びながら派手に動きまわったのだからうまいはずだ。

「もうしないで……あれ、入れないで……ね、修次さん……」

霧子は修次の胸に頭をつけた。

「腹が減っただろう？　食べろ」

スプーンで茶漬けを運んでやった。霧子は地下室に繋がれてから、自分の手で食物を口に入れたことがない。食事も風呂も、髪を洗うことも、排泄の処理も、すべて修次の手にゆだねられている。

修次が痩せていくのに対し、霧子は毎日責められているにも拘らず、日に日にみずみずしくなっていくようだ。さっき恥毛を全部抜いたため、またいちだんと幼く見える。

どんな仕打ちをしても、終わると霧子は仔猫のようにじゃれついてくる。

ジュースはたっぷり飲んだ霧子だが、食事はわずかしかとらなかった。あとあとのことを考え、控えているのではないかと修次は思った。食べるだけ、あとで排泄するものも多くなる。

霧子はほかのどんな女ともちがう。だが、霧子が恥ずかしがったり呻いたりするのを見ると、自分と同じこの世の人間なのだと思って修次は安堵する。そして、霧子が排泄するのを見ると、なおさらほっとするようになった。

「ジュースをたくさん飲んだから、そろそろオシッコぐらいは出るんじゃないか？　飲んでやるから、立て」

立ち上がった霧子の双花を大きく広げ、プチッとした花肉の下方のめだたない聖水口を探した。

「そんなものを……あまりお飲みにならないで……」

これまで何度も霧子は修次に小水を飲まれていた。

聖水口のピンクの粘膜に唇をつけ、霧子の脚を軽くつかんで合図した。排尿口から生温い聖水が溢れだした。霧子は修次のためにゆっくりと出している。口いっぱいになる前に脚をつかんで合図し、いったんとめさせる。飲みこんでから、また聖水口に唇をつける。霧子は最後の聖水を出した。

「嫌いに……ならないで……修次さん……」

この言葉を霧子は何度口にしたことだろう。

「少し寝ろ。それから、あの日のように自分で慰めているところを俺に見せるんだぞ」

霧子をベッドに横にし、右足首だけを繋いだ。霧子は右脇腹を下にして目を閉じた。

2

食料が底をついてきた。修次は半月ぶりに買い出しに出かけることにした。

初秋の空が透きとおっている。外に出ると、あまりの明るさに目が眩《くら》んだ。一瞬目を閉じた修次が次に見たものは、見覚えのある女の姿だった。幻影かと思った。ダイヤのネックレスがきらりと光を反射した。

修一が亡くなるまでの二年間つきあい、結婚することになるだろうと思っていた恋人の千恵美だ。霧子と暮らすことを話し、その日、ホテルで千恵美を辱めた。あの日以来だ。あのとき、帰りぎわに置いてきたネックレスを千恵美がしているのは意外だった。淡いピンクのワンピースのフレアーが風にふわりと舞った。

「やっと会えたわ……病気？　痩せて顔色が悪いわ。何度かノックもしたわ。だけど、誰も出てこなかったわ。ずっと待っていたの……」

地下室にいればノックなど聞こえるはずがない。

「まだ嫌がらせをしたいのか……」

別れた日、修次が帰りつく前に千恵美が霧子に電話したことはわかっている。

『修次の婚約者だ』

『高価なダイヤのネックレスをもらった』

『今夜は修次といっしょだから、そちらには戻らない』

千恵美がそんなことを言ったと霧子が話していた。

「お義姉さんとは別れたの？　ひとりでここにいたの？　こんなところで、いったいどんな暮らしをしてるのよ……」

誰にも知られないようにしてきたつもりの修次だった。なぜここがわかったのか、千恵美に聞いてみたい気もした。

千恵美は二度と修次には会いたくないと思っていたと言う。だが、唐沢に泣きついてよりを戻したものの、たった二カ月あまりで愛想をつかされたと瞳を潤ませた。

「あの人、あるときから急におかしくなったの。心をなくしたようになったわ。ちがう人みたいな気がしたわ。わたしがいやがることをしようとするの……あなたも彼もケダモノだと思った……」

もしかして……と、引っかかるものがあり、唐沢がいつからおかしくなったのか修次は聞いた。千恵美の言うその時期と、霧子が見知らぬ男に犯されたのと同じ時期だった。

(そうか！　霧子を辱めたのは唐沢だったんだ！　あいつだったんだ！)

憎悪と怒りが噴き出した。相手が誰だったのかを知っていて、霧子は故意に口をつぐんでいたのではないか……。そんな気もして、ますます腹がたった。

「どうしてこうなったの……ふたりともずっとやさしかったのに。だったら、わたしがいけないのかと……ずっと悩んだわ。そして、もう一度確かめたくなったの……」

一度でも霧子を抱いた唐沢がほかの女に魅力を感じなくなるのはわかるが、千恵美にその疑問が解けないのは当然だ。

「いまさら何を確かめるんだ。俺の気持は変わらない。義姉さんといっしょに暮らし続ける。これから買物だ。途中まで送ってやる」

素っ気なく言った。

「コーヒーの一杯も飲ませてくれないの？　このまま帰れと言うの？」

背を向けた修次に千恵美はしがみついた。

「どうしてそんなに冷たくするの？　わたしにはわかるのよ。あなたがやさしい人だってわかっているのよ。帰らないわ。このままじゃ……これから先どうすればいいのかわからない。

お願い……助けて……」

千恵美が泣き崩れた。

記憶からとうに消えていた千恵美だったが、千恵美の方は修次のことをまだ忘れていなかったことを知り、罪の意識と千恵美に対する哀れを感じた。千恵美には何の落度もなかったのを、一方的に辱めて捨てたのだ。

「もう俺達がもとに戻ることはないんだ。それで十分だろう。行くからな」

すがりついている千恵美を離し、車に乗った。

留守の間に家に侵入されるかもしれないという危惧もあったが、男でもない限り、よほど無茶をしないと簡単には入れない。たとえ入れたとしても、霧子は地下室だ。まさか、地下室に霧子が繋がれているなど想像することもできないだろう。

修次が無情に立ち去るのを唇を噛んで見送った千恵美は、頑丈な鍵のかかったドアを虚しく引いていた。

食料を買いこんで戻ってきたとき、一時間半ほどたっていた。千恵美がぬっと建物の陰から現れた。予想はしていたもののどきりとした。

「入れて。お願い。お願いだから」

今度はさっきより必死だった。

「泣きたいのか。あの日ぐらいじゃ済まないぞ。脅しと思うなよ。どんなに泣き叫んでも、ここには助けにきてくれるような者はいないんだ」

それでも千恵美は中に入りたがった。

先に千恵美を入れた修次は、すぐあとから大きな紙袋を抱いて入ると、さっとドアを閉めた。

食料品の袋をキッチンに置く修次を椅子に座って眺めながら、千恵美は彼がひとり暮らしをしているのだと安堵した。修一の遺言で心ならずも兄嫁といっしょになったものの、所詮無理だったのだと勝手に想像していた。

修次は霧子が気になっていたが、ひいてもらったばかりの香ばしいコーヒーを千恵美に入れてやった。千恵美は単純に悦び、彼に幸せな顔を向けた。

「ここでわたしも暮らしたい……もう、あの人、戻ってこないんでしょう……?」

またふたりでやり直せるのだと千恵美は夢心地だった。

「さっさとコーヒーを飲め！　俺は忙しいんだ」

霧子が気がかりだ。結ばれたばかりの恋人のように心が騒ぐ。会いたい気持がつのる。たった二時間余りが、一年にも二年にも思える。目の前の千恵美がうとましくてならなかった。

「ここで……何をしてるの？　どんなお仕事してるの？」

「教えてやるから早く飲め」

千恵美が残りのコーヒーを飲み干した。

「ここには地下室があるんだ。もっぱら仕事はそこでしている」

納戸をあけ、地下室への階段を指し、千恵美の腕を引っ張りながら下りた。

「あっ！」

千恵美は驚嘆した。

恥毛のない美しい全裸の女が軀を大の字にベッドに拘束されている。

驚いたのは千恵美だけでなく、霧子も同じだった。

修次は千恵美の腕を捻り、うしろ手にすると、てっとり早く枷を塡めた。

「いやっ！　やめてっ！」

千恵美の全身が鳥肌だった。このたったひとつの行為からも、修次が女を力ずくで閉じこめ、酷《ひど》い仕打ちをしているのだ想像した。

「俺は確かめたはずだぞ。脅しではないと言ったはずだ。ゆっくりいたぶってやる。舌を嚙まないようにこれも」

「うぐっ！」

嵌口具を塡めた。

「おやめになって。どなた？　修次さん、おやめになって」

暴れる千恵美を壁を背にして立たせ、壁の鎖に拘束した。千恵美は首を振り、軀を捻り、逃れようと躍起になっていた。

「霧子、今の声に覚えはないか。千恵美だ。いつかおまえに電話をかけてきたそうじゃないか」

霧子が目を見開いた。

「どうして……」

「俺にいたぶられないと、まだあきらめがつかないそうだ。のこのことこんなところまでやってきた千恵美の気持を汲んでやらないとかわいそうだからな。そうだな、千恵美」

千恵美の顔は恐怖に引き攣っている。目が大きいだけに、計り知れない怯えが見えた。

「放しておあげになって」

「だめだ」

「修次さん……」

「しつこく言うな！　じっくり仕置してやる。千恵美、よく見ておけよ。その次はおまえの番だ。同じことをしてやるからな」

千恵美の顔が蒼白になった。

爪先だけ着くようにし、霧子を天井の鉤に吊した。千恵美と向き合った。

「ここを見ろ。つるつるしているだろう。最初から生えていないわけじゃない。一本ずつ抜いたんだ。あとで千恵美の邪魔なものも抜いてやる」

激しく首を振りたくりながら千恵美は声をあげた。嵌口具の下で言葉にはならなかった。

霧子は面と向かって千恵美に見つめられ、恥ずかしいことを説明され、いつもとちがう羞恥にうつむいていた。

「腋もきれいだろう。いつも俺が抜いてやるんだ」

腋窩をひと舐めすると、霧子は身をよじった。乳房を揉みながら乳首を口に入れた。

「ああ……いや……あう……やめて……」

いつもと霧子のようすがちがう。千恵美を気にしている。修次はいつもより興奮した。唇は徐々に下方へ滑っていく。花園へ辿りつき、二枚の柔肉を分けた。

「千恵美さんが……いやいや……」

修次の行為を拒もうと、霧子は妖しく腰を振った。修次の舌は、花びらや細長い包皮、肉芽、肉溝……と、隈《くま》なく舐めていく。ときおり顔を離し、背後の千恵美を見つめた。

「おまえも早くしてほしいだろう？　むずむずしているんじゃないか？　順番だ。ひとりずつしかできないからな」

にやりと笑うと千恵美は総身を揺すった。

「よく見ておけ。ほかの女がこんなことをされているところを見たことはないだろう？」

千恵美は必死に何かを訴えようとしていた。

修次は霧子の秘芯に指を入れて掻きまわした。指を動かしながら、聖水口をぴちょぴちょ舐めた。

「立ったままオシッコを出すところを千恵美に見せろ。千恵美にもあとでしてもらうんだからな」

壁で背中をこすりながら千恵美が暴れた。

修次は霧子の聖水口にいつものガラス瓶をぴたりとあてた。それが千恵美から見えるように、自分の軀はやや横に置いた。

「許して……お願いですから……いや……」

霧子は千恵美から二メートルほどしか離れていない。

「出せ！」

「まだできません。できないんです……」

「できるようにしてやる」

「いやいや。お注射しないで。いや！」

霧子が泣き声をあげた。

「千恵美、おまえにコーヒーをたっぷり飲ませてやったのは、ただのサービスじゃないぞ。あとあとのことを考えてだったんだ。あれは利尿剤だからな」

唇を歪めて笑った。千恵美は解いてくれというように激しく首を振った。

ゴム管を接続した注射器を、修次はわざとらしく千恵美に見せつけた。

「こいつに生理食塩水を入れて膀胱に注入してやろうというわけだ。だから、たとえ千恵美が我慢しようと思っても同じことをされるだけだぞ。覚えておけ」

（なんてことを……）

千恵美は呆然とした。

霧子は観念して身動きしない。修次がゴム管を小さな聖水口に差しこむと、あう……と小さな声を洩らした。

恐怖心が増すように、千恵美にちらちら視線をやりながら、ゆっくりと生理食塩水を膀胱に注入していく。膀胱の限界容量は四百ccぐらいだということを念頭に置いているので、半分の二百ccにした。案外いっぱいになっているのに、千恵美を気にしてまだできないと言っただけかもしれないのだ。少なめにしておかないと破裂する危険がある。

大陰唇を大きくくつろげ、丸いガラス瓶の口をあてた。まるで柔肉がガラス瓶を貪欲に咥えこんでいるように見える。

「ご覧にならないで……千恵美さん……お願い……」

同性の視線はひどくこたえるらしい。

千恵美は嵌口具の脇からたらたらと唾液を流していた。

「ああ……見ないで……」

パールピンクに輝く排泄口からなま温かい聖水がこぼれだし、ガラス瓶を満たしていった。

小水の湯気で瓶がかすかに曇った。

終わると、いつものように修次は濡れたところを舐めてやった。千恵美は顔をそむけた。

「霧子、褒美《ほうび》だ」

背中を打ちのめした。

「あう！」

鞭が繊細な肌を打つ音に、千恵美は小刻みに震えだした。

霧子を吊した縄もぶるっぶるっと震えている。背中のあと、尻を四、五回打ちのめして鞭を置いた。

「あ、ありがとうございます……」

蜜を溢れさせた霧子は火照った顔を修次に向けた。

鉤から霧子を解き放ってやった。

「千恵美さんを……」

気になってしかたがないのか、霧子には落ち着きがなかった。

「俺がどんなに霧子を愛しているか千恵美に見せてやる。それでないとあきらめがつかない
そうだ。せっかくだから千恵美が経験したことのないことを見せてやろう。うしろだ」

「お許しになって……ね……」

霧子は千恵美にちらちらと視線をやった。

尻たぼにスパンキングを浴びせたあと四つん這いにさせ、千恵美のすぐ目の前で浣腸した。

美しい女が苦痛に歪む顔を見せてやる。

(こんな破廉恥なことを……狂ってる……ひどい)

汗で千恵美のランジェリーはびっしょり濡れていた。

「お許しください。あう……霧子の恥ずかしいものを……あう……出させてください」

儀式としてのいつもの言葉を霧子は反芻《はんすう》した。

修次は千恵美の立っているすぐ前にバケツを置いた。

「ああ……ちがうところで……いや……」

慣らされた霧子も、千恵美の足元ですることにはさすがにためらっている。だが、ためらいも長くは続かない。我慢の限界に達した霧子は、唇を震わせながらバケツの上で身をよじった。

「あ……い、いやっ……ご覧にならないで……いやっ……」

足元のできごとを千恵美はただ呆然と眺めていた。

汚物を千恵美の目に晒すようなことはしない。いつも、排泄させたあとはすぐに洗面所へ持っていく。霧子を辱めたいだけで、排泄物そのものへの愛着は修次にはなかった。

地下室から連れ出されて風呂で軀を洗われた霧子は、腸をもう一度ぬるま湯で洗われ、きれいにされたところで千恵美の前に引き出された。

霧子によく似合う赤い首輪をつけ、千恵美の方に顔を向けて四つん這いにさせた。

（犬のようにするなんて……ひどい……）

今にも壊れてしまいそうな霧子だけに哀れだった。あの衝撃のホテルでのできごとからここに来るまで、霧子さえ憎んでいた千恵美だったが、今はその断片すらなかった。

桃に似たふくよかな双丘を左右に大きく開いた修次は、ひざまずいて菊花に見入った。

「霧子の菊の花はいつ見てもきれいだ。かわいいぞ」

恥ずかしさに霧子は頰を染めた。ピンクのスカートから出ている千恵美の膝小僧あたりを見つめていた視線をさっと下げた。

菊皺から菊口に向かってぺろりぺろりと舐めあげていく。霧子の手がぶるぶると震えだした。

つるりとした菊花の舌触りが修次は好きだ。肉棒を入れることもできる霧子のすぼまりは柔らかい。修次にとってそこは単純な排泄器官ではなく、愛しい性器のひとつだ。

心ゆくまで菊花を舐めまわしたあと、太いガラス棒を挿入する。ガラスの冷たさが快感を呼ぶことを修次は知っていた。霧子を問いつめ、告白させたことがある。

「はああ……」

尻がゆるやかにくねった。

「いいんだな。あったまったら、すぐに冷たい棒と替えてやる」

「あう……やめて……」

千恵美のことがどうしても脳裏から離れない。そんな霧子がわかるだけに、修次は卑猥に棒を動かし、声をあげさせ、目の前の女の存在を忘れさせようとした。次の棒と取り替える。

新しいガラス棒が入っていくとき、霧子はピクッとかわいく尻を持ち上げた。

「あう……気持いい……霧子が消えてしまいます……くうっ……修次……さん……」

ガラス棒を抽送させながら修次は千恵美を見つめ、にやりと笑った。

信じられないというように首を振っている千恵美が、修次には青ざめているようにも火照っているようにも見えた。

ガラス棒を取り替えながら執拗に霧子の菊口をいたぶる。ときおり舐めてやることも忘れない。

「大きなもの……ください……そこに入れて……」

「何を入れるんだ」

「お肉の棒……」

修次は唾液を垂れ流している千恵美を見て口辺をゆるめた。

フェラチオを命じられた霧子は床に着いていた手を上げ、修次に向かってひざまずいた。

調教された犬が主人に従うそれと同じだ。

屹立を頬張り、久しぶりに枷のはずされた手で皺袋を丁寧に揉みしだいた。奉仕できることを至福と感じている顔があった。夢見心地に、亀頭を、傘の下を、側面をと、霧子は丁寧に舐めまわしていった。

「うまいか、霧子」

「はい……」

修次を見上げ、すぐに顔を怒張に埋めた。千恵美が背中にいることをようやく忘れたようだ。だが、修次の方は千恵美のわずかな表情も逃すまいと眺めていた。

「もういい。犬になれ。アヌスをじっくりかわいがってやる」

繋がった部分を千恵美に見せるため、霧子を横向きにして四つん這いにさせた。

たっぷりクリームを塗ってやる。ゆっくりと肉柱を挿入していった。

「ああう……あ……いい……くっ……」

「ぐぐ……うぐ……」

千恵美が霧子といっしょに声をあげた。足がぶるぶる震えている。

「おまえも欲しいか。だが、おまえにはまだこれは無理だ。ガラス棒ぐらいは入れてやる。

もう少し待ってろよ」

ちぎれるほど首を振りたくって千恵美が暴れた。

肉茎を飲みこんだ菊蕾が修次を締めつける。修次はいつもよりゆっくりと抽送した。秘菊の粘膜が凹凸をつくって伸び縮みするのを千恵美に見せつけるためだ。きれいで上品にすぼまった霧子の菊口が、男根をのみこむとこれ以上の卑猥さはないと思えるほどに変化する。

千恵美を見上げ、絶対者であることを見せつけた。

「ああ……どうか……霧子の我儘《わがまま》を……聞いて……ください」

夢の中を彷徨っているようなうっとりした声だ。

「言ってみろ」

「花びらも触って……」

火照った尻がくねりと動いた。

「うしろだけでは足りないのか。何と淫らな女だ」

「霧子は……こんなに……恥ずかしい女です……」

「そうだ、恥ずかしい女だ。恥ずかしい女には仕置してやる」

前にまわした指でクリトリスをつまんだ。

「ヒイッ！」

硬直した霧子は菊口もぎゅっとすぼめ、肉柱を咬み切ろうとした。

三度つねったあと、肉芽の帽子や花びらをやさしく揉みしだいた。

「い、いきたい……」

突起を集中的に愛撫してやった。

「くうっ！」

霧子の手がブルブルと震え、菊蕾は肉根をぎりぎりと締めつけた。数度の収縮が収まったのを確かめ、修次は菊口への抽送を再開した。射精までに時間はかからなかった。腸壁深く精液がほとばしっていった。

ペニスを抜いた修次は赤くなっている霧子の菊蕾を舐めた。

霧子を立たせた修次は、その前にひざまずいた。辱められた美しい愛奴の秘園は、水を浴びたように蜜液で濡れている。ぬめりのある妖液を修次は舌で掬いとった。

「ありがとうございます……こんなにきれいにしていただけるなんて……」

ふたりだけのときの、いつもの霧子だった。足枷をして繋いだ。

3

千恵美を見据えた修次は冷酷な笑いを浮かべた。

「待たせたな」

「うぐ、ぐぐ、むう……」

嵌口具を唾液でべとべとに濡らした千恵美の顔が引き攣った。

「千恵美さんを許しておあげになって……」

気怠そうな霧子だった。今にも目を閉じてしまいそうだ。

修次は湯を運んできた。

「霧子、千恵美の軀を拭いてやれ。足の先から顔まで全部だ。アソコは特に念入りにな」

修次は千恵美から嵌口具をはずした。

「いやっ！　放して！　放してよ！　早く放して！　帰して！」

嵌口具に遮られていた言葉を千恵美が吐き出した。

「まだ元気だな。上等だ。まず服を脱いでもらうか」

「いや！」

黒い鞭を手にした修次に、たちまち千恵美は萎縮した。

むこう向きに、手加減して服の上から尻を打った。

「あうっ！」

生まれて初めて鞭を受ける千恵美にはそれで十分だった。哀れなほど震えている。三度鞭を振り下ろした。

「脱ぎます……だから……打たないで……打たないで……」

千恵美は泣いていた。

右足に鎖をつけ、逃げられないようにしたあと手枷を解いた。

千恵美は脱ぐと言ったものの、いざふたりを前にすると動けないでいる。

「うしろを向いて……ファスナーを下ろしてさしあげるわ。大丈夫よ……」

やさしい霧子の言葉にも、千恵美は顔をおおって泣きじゃくるだけだった。

霧子は背中のファスナーを下ろした。脱がせようとするが、顔をおおった千恵美の手が邪魔になる。

「これ、素敵なネックレスね。あの日、いただいたと言ったのはこれなの……？　よく似合っているわ……また鞭が欲しいの？　今度はお尻だけじゃすまないわ。背中も乳房も打たれるわ。さあ、脱ぎましょうね」

千恵美は泣きながら霧子に従った。白いシルクのスリップが、処女のもののように目に染みた。シルクの好きだった修次に会ってやさしく抱かれることを考えていたのだ。

「素敵なランジェリーね」

声をかけながら霧子はスリップを落とし、ブラジャーをはずしていった。

昔と変わらぬ日に焼けた健康的な肌が現れた。だが、パンティ一枚になると千恵美は拒んだ。

「いや……これはいや……もういや……助けて……わたしを助けて……」

そんな千恵美に霧子は哀れみの視線を向けたが、そっと首を振った。

「自分でお脱ぎなさい。その方が恥ずかしくないでしょう……？」

思い切れない千恵美を脅すため、修次は鞭で床を叩いた。

びくっとした千恵美はうしろを向き、壁ぎわにしゃがんで丸くなった。軀全体でいやいやをしている。

「ここではそれはとおらないんだぞ」

うしろ手に縛り上げた修次は千恵美を天井から吊り下げた。小柄な霧子に比べ、倍の力が必要なほど手ごたえがあった。少し軀が浮いたところでとめた。

「いやっ！　いやァ！」

千恵美は喉が裂けるほど声をあげ続けている。尻に向かって軽く鞭を振り下ろした。

「ヒッ！　た、助けてっ！　い、いやっ！」

暴れる千恵美に、鉤ごと天井が落ちてきそうだ。

(完璧に埋めこんだろうか……)

さんざんその鉄杭に霧子を吊してきたが、今ごろになって修次は心配になってきた。前にまわった修次に、今度は乳房でも打たれるのかと、千恵美はおぞけだった。

「や、やめて！　許して！」

怯えきった大きな目が必死の思いを修次に伝えていた。

「初めて許してと言えたな。もう一度はっきり言ってみろ」

「許して……」

「霧子は、許してくださいと、もっと丁寧に言えるぞ」

「許して……ください……」

従順になることを誓わせたあと千恵美を下ろしてやった。

「霧子、パンティを下ろしてやれ」

千恵美はきゅっと太腿を合わせた。

「それじゃあ、下ろせないわ……下ろさせてちょうだい。でないと、また……ね……」

震えながら千恵美はわずかに太腿を開いた。すかさず霧子はパンティを下ろしてくるぶしから抜き取った。それを修次が奪い取った。

船底の部分が濡れている。ぬめりだけではなく、水分も多分に含まれているようだ。霧子への仕打ちや吊されたときの恐怖で、少し洩らしてしまったのかもしれない。そんなことを想像し、修次は興奮した。

パンティに鼻をくっつけるようにして見入っている修次に、千恵美は顔をおおった。修次は千恵美の手をどけ、わざとパンティの匂いを嗅いだ。

「いやぁ！」

千恵美が身をよじった。

心がぼろぼろになっていく千恵美に陶酔を覚えながら、修次は右足首の鎖をベッドの脚に繋いだ。

「霧子、拭いてやれ。ヴァギナはしゃがませて洗え。膣の中もビデで洗え。いつもされていることをしてやれ」

千恵美は喉を鳴らした。唇がかさかさに乾いている。

「この人にさせないで……お願い……何でも言うことを聞くわ……だから……ふたりきりにして……」

同性へのためらい……。しかも、修次の見ている前で軀の隅々まで洗われるのだから、千恵美にはこれ以上の屈辱はなかった。

タオルを持った霧子は、修次に困惑の視線を向けた。

「霧子、早くしろ！」

望みを絶たれた千恵美がしゃくりあげた。

霧子はまず腕を拭いてやった。恥ずかしさの少ないところから始めてやろうという心遣いだ。だが、千恵美の軀は緊張と羞恥にかたくなっていた。次に背中を拭いた。

「前を向いてちょうだい」

背中はわりとおとなしく拭かせた千恵美も、前身となるとかまえた。動こうとしない。

「縛り上げて拭いてもいいんだぞ。壁を見ろ。霧子を縛った写真がたくさんあるだろう。いろんな縛り方があるんだ。俺はもう素人じゃないんだぞ。尻の穴やヴァギナに縄を喰いこませる縛り方もあるんだ」

(こんなの、いや……ひどい……)

壁の写真にはじめて気づき、千恵美はそそけだった。

張りのある大きな乳房を、霧子は愛おしむように拭いてやった。母親のようなしぐさだった。

久しぶりに見る千恵美に修次は目を凝らした。ミス学園だった面影は今も残っている。すらりと伸びた脚。全体の丸みをおびた曲線。霧子よりはるかに大きな乳房と目……。ただ、その大きな瞳はずっと伏し目がちだった。

霧子がひざまずくと、千恵美は茂みを両手で隠した。

「あと、お顔と大事なところだけね。お顔は最後よ。だって、また泣くかもしれないでしょう？　大事なところを洗うの。ちょっと脚を開いてちょうだい」

ビデを取った霧子に、千恵美は狼狽した。

「自分で……自分でします……できます……だから……」

霧子にとも修次にともとれる口調だった。

「修次さんに言われたことは……わたしがしてさしあげなくてはならないの。開いてちょうだい……」

千恵美はまた泣きだした。

ソファーから立ち上がった修次は、力ずくで千恵美の脚を広げて押さえつけた。しなやかな白い指で花びらを開いた霧子は、ビデの嘴を花口に刺し、そっと沈めていった。

「ああ……いや……いやあ……」

洗浄液は千恵美の膣を洗い、パパイヤ形の部分に戻ってくる。霧子はピンクの嘴を抜いた。

「中はきれいになったわ。今度は外側よ。洗面器をまたいでちょうだい。修次さん、脚を放してあげになって」

「そんなこと……そんなこと……いや……」

軀全体で千恵美はいやいやをした。

「しゃがめ！　まだ反抗するつもりか」

修次は千恵美の手首を捻り上げた。シャワーを浴びさせれば簡単にすむことだが、それでは呆気ない。霧子を洗うときも、バスルームよりここを使うのが好きだ。

「きれいにしてさしあげるだけよ……言うことを聞かなくちゃ。ここに来たら、修次さんの言うとおりにするしかないのよ。ね……」

「いや！　いや！」

舌打ちした修次は千恵美をうしろ手に縛り上げると、そこから伸びた縄を天井の滑車にまわし、引き上げていった。

「あう……」

背中の腕が持ち上がっていくにつれ、痛みに顔をしかめた千恵美の半身は、それを庇って前のめりに倒れていく。

足と上半身が直角になったところで縄を固定した。尻を突き出した格好のまま千恵美は顔を歪めていた。

「尻にこの大きなものをぶちこんでやろうというわけだ。わかるな？　どうなるか、さっきの霧子を見てわかっているだろう」

ぬるま湯をたっぷり入れた太い注射筒を顔の前で見せつけられ、千恵美はヒイッと短い声をあげた。

「やめて！　放して！　いや！」

「いつまでも反抗するからだ。プライドを捨てさせるにはこれがいちばんてっとり早いのさ」

霧子は自分がされるときのようにうつむいた。

千恵美が力を抜かないことはわかっている。クリームを菊蕾に塗った。堅い蕾だ。クリームを塗りこめるだけで千恵美は激しく尻を振った。

嘴を入れるとき暴れられては危険だと、ガラスの嘴にゴム管をつけた。

「しないで！　いやっ！　放して！　いや！」

またも天井が落ちるのではないかと不安になるほどの必死の抵抗だ。

秘菊に嘴を入れられまいと、千恵美は尻を淫らに振りたくっていた。

切羽つまった恐怖と屈辱の千恵美の心境をもてあそぶように、いったん注射筒を置き、四方からポラロイドカメラで全身を写していった。像が鮮明に現れたところで千恵美の目の前に突き出した。

「見ろ。真うしろからの格好がいちばんいいだろう？　こんなふうに俺達からは見えてるんだぞ」

「いやァ！」

絶叫に近かった。

「霧子、おまえがしろ。俺は千恵美の顔をじっくり観察したくなった」

「いやいやいや！　やめてっ！」

千恵美にとって、霧子からされることは、修次にされるより大きな屈辱だとわかっている。

だからこそ修次は霧子に譲った。

あまりの拒否に霧子は戸惑っていた。

「軀がしっかりと覚えこんでいるだろう？　どのくらいのスピードで入れたらいいかわかるな？」

はいと返事はしたものの、千恵美の抵抗にこだわりを捨てきれない。

「千恵美さんは私とはちがうわ。かわいそうなことはしないで」

見るからに哀れな女を庇って霧子は修次に哀願した。

「おまえとどうちがうというんだ」

「千恵美さんには苦痛でしかないんです……きっと……」

「まだわからないぞ。明日になれば少しは変わるかもしれん。してやれ。それで足りなかったらあと一本だ」

鼻先で霧子をあしらった。

「いやあ！　しないで！　いやっ！」

泣き叫ぶ千恵美の顔を、修次は冷静にカメラに収めた。

「そっとしてさしあげるわ……だから……力を抜いてちょうだい……」

とりなすことができないと知った霧子は決心して千恵美のうしろに立った。

「あきらめるのよ。じっとしてね」

突き出ている尻たぼの谷間を割って、菊花をくつろげた。

「あ……」

風船がしぼんだような声だった。

「きれいなお花よ……とってもきれい……恥ずかしがらなくていいの……」

クリームのたっぷり塗りこめられた菊口に、ガラスの嘴を包んだゴム管を挿入していった。

ざっと全身鳥肌だった千恵美の軀が硬直した。

屈辱に打ち震える千恵美の顔を正面から見つめていた修次は、興奮した。肉棒がピンと立ち上がっていた。

「ああう……やめて……」

霧子は注意深く液を注入していった。

「もう少し……がまんしてね……」

恥辱にまみれた千恵美の顔にレンズを向け、修次は何度もシャッターを切った。

霧子が嘴を抜いた。千恵美の全身から脂汗が噴き出していた。

千恵美の腰が揺れはじめた。初めての体験で、霧子とは比べものにならないほど効き目が早い。

「は、放して！　あう」

修次は吊り上げた縄だけ解いた。

「お、お手洗いに！」

排泄用の霧子のバケツにティッシュを敷いて突き出した。このピンクのしゃれたバケツが修次は気に入っていた。脆そうな霧子によく似合う。

バケツを見たとたん、千恵美は愕然とし、どっと汗をしたたらせた。

「お手洗いに！　早く！　あう……出、出るの！」

千恵美は恥も外聞もなく口走った。

連れていってあげてと、霧子も横から頼んだ。

「間に合うと思っているのか」

修次は唇の端を歪めた。階段を上がり、一階まで行くゆとりなどあるはずがない。

「だ、だめ！　もうだめ！　早く！」

血相変えてひざまずいた千恵美は、修次に胸をこすりつけた。しがみつこうにも両手はうしろにまわっている。

「バケツをまたがないとそこに垂れ流すことになるぞ」

ついに我慢ならず千恵美はバケツをまたいだ。うしろ手にくくられた腕を揺するようにして悶え、排泄したあとは放心状態だった。

汚物を捨てて戻ってきたときも、千恵美はまだ視点の定まらない虚ろな目をしていた。

「もうできるわね……これをまたいでしゃがんでちょうだい」

千恵美は魂を抜かれたように言いなりになり、洗面器をまたいだ。

しなやかな指先で花びらや肉溝、秘口、肉芽、恥丘や茂みを洗っていく霧子に、千恵美はときどき身をよじった。

「あら……」

戸惑いながら霧子は指の動きをとめた。

「どうしたんだ。えっ？」

「蜜が……」

修次が千恵美の秘芯に指をあてると、ぬるりとした感触があった。

「何が気持いい？　浣腸か？　それとも、女の霧子にここを触られることか」

意外な結果にほくそえんだ。

霧子は最後に、すでにきれいになっているアヌスの周辺を洗ってやった。

千恵美はよろりと立ち上がった。

すっかりきれいになった千恵美を修次が点検した。千恵美はうつむいていた。

「次は自分でしてもらうぞ。そこに立ってオナニーをしろ。したことがないとは言わせないぞ」

　こくっと喉を鳴らした千恵美の唇が震えた。

「霧子、まずおまえが千恵美の前でしてみせろ。なんだ、その顔は。不服というのか」

　霧子は困惑していた。同性の前では互いにひどくこたえるらしいとわかり、千恵美の存在価値に気づいた。帰してやるのが惜しくなる。

　霧子はなかなか秘園に指を持っていくことができず、ためらっていた。

　仕置してやろうかと思ったすぐあとで、修次にうまいアイデアが浮かんだ。

　両手はひとつにして人の字に霧子をベッドにくくりつけた。霧子が逃げたりするわけはないものの、そうやって拘束されることは霧子の悦びのひとつだ。そして、これからのために千恵美がやりやすい……。

「千恵美、霧子の性器を舐めろ。ぬるま湯で丁寧に洗ってもらったところを、今度はおまえが舌や唇で清めてやれ。そして、十分以内に気をやらせろ。できなかったら、仕置だ。手加減はしないぞ」

　霧子は力を抜き、目を閉じた。

　千恵美の方は戸惑っていた。

（嘘……そんな……嘘……）

「あと、九分三十秒」

大きな息を吐きながら千恵美は秘園に近づいた。

溜息が出るほどきれいな花園だ。千恵美より花びらは小さい。色も薄い。パールピンクに濡れ光っている粘膜は、どんな花や宝石より勝っていた。

(こんなきれいなものが世の中にあるなんて……)

千恵美はそこに吸いつけられた。

「指で広げて舐めろ。なかなかうまいぞ」

千恵美は全速力で走ったあとのような荒々しい息をしていた。張りのある形のいい乳房が隆起した。

震える指は、ついに花びらを左右にくつろげた。湿った鼻息を洩らしながら花園を見つめ、ごくっと唾をのむと、顔を埋めて花びらを舐めた。

霧子の足指がピンと立った。

千恵美は夢中でそこら中を舐めまわした。

「あ……痛い……そっとして……そっとね……」

千恵美は慌てて顔を上げた。

「そっと……やさしくね……そうすればすぐに……」

こくんとうなずいて千恵美はまた顔を埋めた。こんどはやさしく舐めあげた。蟻の門渡りを舐めあげ、花びらをぺろぺろと左右に舐め、花びらの縁をかたく尖らせた舌先で辿った。

クリトリス包皮が霧子のいちばん感じるところだと修次が教えてやると、千恵美はすぐにそこを舐めはじめた。エクスタシーが近くなった霧子の包皮を肉芽ごと口に入れ、ツルッとやさしく吸った。

「あう！」

昇りつめた霧子の尻が大きく跳ね上がった。そのまま口戯を千恵美に続けさせた。

「あうっ！　ああっ！」

手首から伸びたロープが、霧子の絶頂のたびにギシギシと音をたてた。快感をとおり越した苦痛の声が響いた。

「よくやった。もういいぞ」

顔を上げた千恵美の口の周囲や鼻頭はべっとりした蜜液で濡れ光っている。修次は千恵美を抱き寄せ、その蜜を舐め、初めてやさしいしぐさで唇を合わせた。千恵美がワッと泣きだした。修次はその涙も舐めてやった。

「おとなしく帰るな？」

「いやいや。帰らない」

ようやくやさしさを見せた修次に救いを感じ、千恵美はしがみついた。

「また辱められたいのか」

一瞬だけやさしさを見せた修次はまたもとの顔になり、霧子を解いて、今度は千恵美を人の字にくくりつけた。

千恵美はあらがった。揺れている豊かな乳房の真ん中でしこっている乳首を、修次は思いきりひねり上げた。

「ギャッ！」

千恵美は痛みを感じた瞬間、少しだけ小水を洩らしていた。

「泣かないで……泣かなくていいのよ……ね、泣かないで……」

子守歌でも聞かせるような霧子の口調だった。恥丘の茂みに頰をつけて撫でた。

「かわいい。とってもかわいいわ」

花びらの内側に親指を置いて、秘所を大きくくつろげると、千恵美は顎を突き出した。花びらを軽く噛むと、反射的にベッドから背を浮かした。微妙な霧子の愛撫に千恵美は悦楽の声をあげた。

ときおり顔を上げ、霧子は、かわいい女の表情を窺った。そのたびに、千恵美は何かを言おうとわずかに唇を動かす。だが、結局、言葉にはならなかった。

修次の肉棒を愛するときのように、霧子は口だけでなく指も使った。

「うっ、うっ、うっ、ううっ、あうっ！」

千恵美は呆気ないほど短時間で絶頂を極めた。

「続けろ。とめるなよ」

ストロボの光が、快感と苦悶を刻んでいる千恵美の顔を次々と写し取っていった。

十枚ほど写した修次は、千恵美の股間に顔を埋めている霧子をどけた。そして、まだひくついている女芯に、いきりたった肉刀をずぶりと突き刺した。

「ヒッ！」

たちまち千恵美の膣襞が修次の肉柱を握りしめた。千恵美は続けざまにエクスタシーを迎えていた。

「俺のこれに刺されたかったのか！　こうされたかったのか！」

ぐぬりと肉襞をなぞってフィニッシュに入った。

修次が昇りつめたとき、千恵美も何十回めかの絶頂をきわめて打ち震えた。

ふたりはエネルギーを使い果たし、交接したまま動かなかった。

ふたりの傍らにひざまずいた霧子は、汗ばんだふたりの軀を交互に拭いてやった。肉棒を抜かないまま、修次は千恵美の乳房や顔を舐めはじめた。

「ここに置いて……わたしも置いて……」

涙に濡れた目を千恵美は修次に向けた。

「鎖に繋がれて生きていけるのか。鞭で打たれるたびに感謝の言葉を出せるか。おまえに言えるはずがない」

千恵美を見おろして鼻で笑った。

地下室に千恵美を入れてからの嵐のような時間は刺激的だった。このまま置いておきたい気がしている。だが、千恵美の性格を知っているだけに、こんな生活が無理なことはわかっている。

「言うわ……ありがとうと言うから……また昔のように愛して……」

「言いますだろう？　霧子を見習え」

意外な言葉に戸惑いながらも、修次は厳しい表情を崩さなかった。

「お帰りなさい。あしたは帰るのよ」

額の汗を拭いてやりながら、霧子は諭《さと》すような口調で言った。

「修次さんをひとりじめにしないで。お願い……」

共有したいととれる言葉だった。修次はまた意外に思った。

「本気で言っているのか……」

「本当です。ここに置いて……ください」

最後のくださいを、千恵美は慌ててつけ足した。

修次はどこからか力が湧き上がってくる気がした。霧子だけでは数年しかもたない命も、ふたりの女を相手にすれば永遠に生きられるのではないかという奇妙な思いだった。

「朝まで霧子とふたりで辱めてやる。半端ではないぞ。どうだ、考えは変わったか」

「ここに……置いてください」

修次の背中にまわした手に千恵美はぎゅっと力をこめた。

「どんなことを要求してもいいんだな？」

泣きそうな顔をしながらも、千恵美はこっくりとうなずいた。

「俺達に尻を向けて四つん這いになれ」

千恵美はふたりを不安な眼差しで見つめたあと、尻を向け、犬の格好をした。秘芯から溢れた蜜液が会陰をしたたりはじめたのがうしろからでもよく見えた。

スパンキングを与えたあと、霧子からはずした赤い首輪を塡め、その鎖を霧子に持たせた。

「思いきり辱めてくださいと言えるか」

「思いきり……辱めてください……千恵美を思いきり……」

千恵美は捨てられた仔犬のように震えていた。

(拾ってやる。俺の懐の中で育ててやる。この手で従順にてなずけてやるぞ)

処女地であるまだ堅い千恵美の菊蕾にいつしか熱い肉柱を咥えさせるため、修次は舌先に全神経を集中させて菊皺を舐めはじめた。

健康色をした千恵美の背中が反り返り、尻がくねくねと揺れ動いた。

赤い首輪から伸びた鎖を持たされている霧子に、千恵美への嫉妬や憎悪がないのは、その穏やかな表情から見てとれた。

解説

光華崇夫

〈兄嫁〉という存在は、世の男達にとって、憧憬の的《まと》であろうが、極言すれば、いわゆるそそられる対象でもあろう。そそられる要素の一つに、まず禁忌の構造に組み込まれている点が挙げられる。血の繋《つな》がりはないが、兄の妻であるということで、一応近親相姦のタブーに覆《おお》われているからである。禁じられてあればあるほど、欲望は増幅されてゆく。性生活が豊かでありながら、まだ十分に若い女性である点も見落とせまい。そして最大のミソは、禁忌の存在でありながら、一歩踏み出せば、姉や妹と違って交合が実現可能である、ということであろう。〈兄嫁〉はきわめて刺激的な性の象徴なのである。

修一と霧子が結婚してからというもの、修次はほとんどこの家に立ち寄っていない。それだけに、霧子を見ると眩《まぶ》しかった。兄嫁である限り、決して愛してはならない女だった。

本著冒頭部、主人公の「修次」が兄嫁「霧子」の喪服姿を見ての述懐であるが、〈喪服の女〉もまた昔から男達をそそって止《や》まない存在なのである。喪服も禁断の匂いを放っているからであろう。この『兄嫁』はすでに冒頭からして二重の禁忌を纏《まと》っているのだ。読者にとっても、その禁忌の衣装を一枚一枚剝《は》がしてゆくことになり、ページを繰る指先がおののき反り返る。藍川京特有の緻密な文体が、兄の通夜に兄嫁を犯すという奇想天外なシチュエーションを、リアリティに満ちた場面へと転換させてゆくのである。

本著では様々な背徳の性の型が次々に繰り出されてゆくが、まずは覗《のぞ》きである。「あのときそんなものさえ見なければ」「あの衝撃のひとときが」と、後に修次に思わせるほど、夫の亡骸《なきがら》を前に、喪服を落とし長襦袢《ながじゅばん》だけを羽織り、ひざまずいた膝《ひざ》を広げて、ひとり快楽の海にたゆたう霧子は淫《みだ》らで美しい。欄間からその姿を覗いた修次が、一匹の牡獣に豹変したとしても何の不思議もない。その推移を藍川の丹念な描写が炙《あぶ》り出してゆくのである。

ともあれ、ヒロイン霧子の美しさは、藍川ワールドでも群を抜いており、官能小説全体の中でも、突出しているはずである。今にも壊れそうな美しさなのだ。

うつむいた女の頬は透けるように白い。涙に濡れた長い睫毛《まつげ》がはらはらと揺れ、冷たいほどに美しかった。

掌《てのひら》に納まる小さな髪の束は低い位置にひっそりとまとめられ、衿元から匂うようなうなじがのぞいていた。

SMも本著の主流を成しているが、男のサディズムが実は女の無意識の煽《あお》りによって派生するものである、ということも漸次《ぜんじ》明らかにされてゆく。その辺の消息も、本著の大きな魅力であろう。

義弟に、しかも夫の通夜に自由にされる哀しみを、霧子は口輪をはめられた歪《ゆが》んだ顔に刻んでいた。だが、修次はやはりその中に、妖しい誘いを垣間《かいま》見たような気がしてならなかった。

「わたしのせいなんです」「いや……来ないで」「おっしゃらないで……」「許して……もう

いや……」こうした拒絶の言葉が、ヒロイン霧子のぷっくりした小さめの唇からこぼれる時、修次の嗜虐《しぎゃく》度に拍車が掛けられてゆくのだ。触れればはかなく散ってしまうような美しさを、自分の手にしかと握り締めようとして、修次はこれでもかと霧子を苛《さいな》み続ける。剃毛《ていもう》なども剃《そ》るなどという半端なものではなく、一本残らず抜き取る、といった類《たぐ》いのものである。その責めはハードでしかも美しく、まさに藍川京の世界であろう。

たえず他者の目を導入し、作品を立体的にも仕立てている。兄嫁と義弟という二人だけの世界に、新たに二人の男ともう一人の女を加えることで、面白さが倍増されているはずである。いや、彼等は霧子の美しさをさらに際立たせるために用意された人物なのかもしれない。兄修一の親友、阿久津と、修次の恋人であった千恵美とその彼女に惚れていた唐沢の三人である。二人だけのSMという愛の世界に、外部からの暴力的な侵入者を加えることで、作品はさらにハードで刺激的なものとなっている。読者には願ってもない展開であろう。すなわち、霧子は修次の留守に唐沢と阿久津にも犯されてしまうのである。

兄の修一が、弟の修次さえ家に寄せつけなかった気持が今はよくわかる。その修一の同僚の阿久津も霧子に夢中になった。霧子を犯したもうひとりの男も、もしかして霧子を忘れられずにいるのかもしれない。修次にはそれが誰なのか知らされていないだけに、その男が危険に思えた。男達の霧子を見る目は凶器以外の何ものでもない。

かくて、修次は霧子を他の男の目から遮断するために、新しく購入した家の地下に監禁してしまうのである。二人だけの肉欲の館《やかた》で、本格的なSMによる性愛の世界が繰り広げられてゆくのである。その詳細に触れるのは、本著を繙《ひもと》く読者の楽しみのためにここでは避けたいが、次のような箇所等まさに究極の愛と言っても過言ではあるまい。

亡き兄に嫉妬するだけでなく、自分が死んだあとに霧子の前に現れるだろう見知らぬ男に、修次は新たな嫉妬の炎を燃やした。初めて死にたくないと思った。

霧子がうっすらと目をあけた。

「もう少しで死なせてしまうところだった……殺したくなる……俺は霧子を殺してしまうかもしれない……愛しいのに殺したくなるんだ……」

骨が折れるほど強く抱きしめながら、修次は初めて霧子に涙を見せた。助けてくれ、と大声で叫んですがりつきたかった。

おそらく純文学のフィールドでこのように描けば、現在では浮いてしまうと思われるが、性愛に限定されているこの著では、不思議に説得力をもって迫ってくる。しかも、ひどく切なく……。ここまでに至る藍川の筆力に因《よ》る賜物《たまもの》であろうか。〈兄嫁 凌辱《りようじよく》〉という官能へのテロルが、現代の愛の不在をひりつく痛みによって呼び戻し、存在の確証《アイデンティティ》の獲得を奏しているのである。

藍川京と言えば、そのデビュー作『華宴《かえん》』(『卒業』を改題、現在、幻冬舎アウトロー文庫に収録)以来、日本的美意識を常に作品の底流に潜ませ、ハードでありながら濡れるような抒情的作品を書き綴ってきた作家である。その美しさには定評があるが、本著にもそれは顕著であろう。喪服姿、着物姿の霧子はまさに、日本的美意識を一身に背負ったようなあえかなる女性として描かれているのである。

〈兄嫁〉という存在が核家族化によってその実態を喪失し、すこぶるノスタルジーをそそる現在、霧子のような女性も失われつつあるという点では、郷愁を呼び起こす存在であろう。『兄嫁』一巻はこうした二重のノスタルジーを深く纏《まと》って、読者の前を昧爽《まいそう》(夜明け)の霧のように瑞々《みずみず》しくただよっている。

――文芸評論家

この作品は一九九一年五月フランス書院より刊行された
『兄嫁は未亡人』を改題し、加筆したものです。

GENTOSHA OUTLAW BUNKO

兄《あに》嫁《よめ》

藍《あい》川《かわ》京《きょう》

平成12年6月25日　初版発行
平成14年7月10日　7版発行

発行者——見城徹
発行所——株式会社幻冬舎
〒151-0051東京都渋谷区千駄ヶ谷4-9-7
電話　03(5411)6222(営業)
　　　03(5411)6211(編集)
振替00120-8-767643

印刷・製本——中央精版印刷株式会社
装丁者——高橋雅之

幻冬舎アウトロー文庫

ISBN4-87728-886-4　C0193　O-39-2